참룡회귀록

참룡 회귀록 12

초판 1쇄 인쇄일 2019년 10월 7일 **|** **초판 1쇄 발행일** 2019년 10월 11일

지은이 정한솔 **|** **펴낸이** 곽동현 **|** **담당편집 팀장** 이범수
편집부 홍현주 정요한

펴낸곳 (주) 조은세상 **|** **출판등록** 제 2002-23호
주소 경기도 연천군 미산면 청정로 1355
TEL 편집부 02)587-2966 **|** FAX 02)587-2922
e-mail bukdu@comics21c.co.kr

정한솔 ⓒ 2018
ISBN 979-11-6432-477-4 **|** ISBN 979-11-89672-81-2(set) **|** 값 8,000원

斬龍回歸錄

참룡회귀록

정한솔 신무협 장편소설

12

북두
(도)좋은세상

정한솔 신무협 장편소설

NEO ORIENTAL FANTASY STORY

CONTENTS

참룡
회귀록

斬龍回歸錄

참룡
회귀록

斬龍
回歸
鑡

77 章.

　　임무일과 소무결은 섣불리 사당 밖으로 몸을 내놓지 않았다.

　　자신들보다 정주형과 당소문이 자리를 잡는 것이 먼저였기 때문이다.

　　그리고 오래지 않아 그들로부터 신호가 왔다.

　　그들의 미약한 기척을 잡아낸 임무일이 소무결을 쳐다봤다.

　　소무결은 임무일이 목소리를 내기도 전에 고개를 저었다.

　　"나도 알아. 그보다 너 괜찮겠어? 진짜 사람을 죽여야 할지도 모르는데……."

철장방에서 경험이 있는 자신들과는 달리 패천성의 후계들은 직접적으로 사람을 죽이는 것을 경험해 보지 못했다.

그 끔찍한 기분을 잘 알고 있는 소무결이 우려를 표한 것이다.

그러나 임무일은 대수롭지 않다는 얼굴로 어깨를 들썩였다.

"어쩌겠어? 살려면 해야지. 걱정 마. 우린 그렇게 나약하지 않으니까."

"그게 말처럼 쉬운 일이 아니니까 그렇지. 운현이 저 자식도 그때 일 겪고 한 달은 고생했는데……."

"괜찮다니까. 그보다 너나 잘해. 괜히 쓸데없는 인정 베풀겠다고 어설프게 상대했다가는 그게 발목 잡는 거니까."

담담한 목소리로 말하는 임무일이었지만 소무결은 여전히 못 미덥다는 얼굴이었다.

그러나 임무일은 그런 소무결에게 신경을 쓰기보다는 자신들의 앞을 막고 있는 낡은 나무문을 향해 고개를 까딱거렸다.

그제야 누군가의 기척을 느낀 소무결이 움찔 몸을 떨었다.

그러나 그것도 잠시 소무결이 고개를 끄덕였다.

소무결의 신호에 임무일이 후하고 숨을 내쉬더니 낡은 문을 향해 일장을 내질렀다.

쾅!

낡은 문이 터져 나가며 사당으로 접근하던 누군가를 그대로 덮쳐 버렸다.

악! 하는 짧은 비명 소리가 두어 번 들리더니 픽, 픽하고 누군가 바닥을 구르는 소리가 요란하게 들려왔다.

그와 동시에 소무결과 임무일이 사당을 뛰쳐나갔다.

그리고 그들이 사당 밖으로 모습을 드러내는 순간 예닐곱 개의 검신이 번쩍하며 날아들었다.

임무일과 소무결이 순간적으로 막아 내기에는 제법 많은 숫자였다.

그러나 소무결은 당황하지 않고 타구봉을 쭉 내밀었다.

교묘하게 사각으로 파고든 소무결의 타구봉이 단번에 두 명의 머리통을 후려쳤다.

"컥!"

"악!"

그것으로 끝이 아니다.

임무일 쪽에서도 비슷한 비명 소리가 연거푸 울려 퍼졌다.

임무일의 주먹에 가슴이 함몰된 두 개의 인영이 튕겨져 나가며 끔찍한 비명 소리가 울려 퍼졌다.

그러나 여전히 남은 세 개의 검신이 달빛을 받아 검광을 뿌리며 소무결과 임무일의 빈틈을 파고들었다.

"죽어!"

피하기에는 조금 늦은 상황이었다.

피하고자 하면 못할 것은 아니지만 어디 한 군데 내줄 각오를 해야 했다.

그러나 임무일과 소무결은 별다른 반응을 보이지 않았다.

오히려 그들에게 검을 뿌리던 이들이 조금은 의아한 얼굴을 보이는 순간.

핑 하는 약한 소음이 몇 번 들리는 것을 끝으로 눈앞이 깜깜해지며 의식이 멀어져 갔다.

이마 한가운데에 가느다란 핏줄기를 흘리며 제 앞에서 털썩털썩 쓰러지는 그들을 딱딱한 얼굴로 쳐다보던 소무결은 지붕 위의 당소문과 정주형을 쳐다봤다.

별다른 반응을 보이지 않는 당소문을 대신해 정주형이 어깨를 들썩였다.

소무결이 고개를 끄덕이고는 시선을 돌려 주변을 훑었다.

여기저기서 인기척이 느껴졌기 때문이다.

소무결이 얼굴을 찌푸리며 중얼거렸다.

"생각보다 수가 많은 것 같은데……."

"그렇긴 한데, 그건 큰 문제가 아니지. 늑대가 아무리 많다고 호랑이가 잡아먹히는 거 봤어? 문제는 고수가 얼마나 있냐는 거지. 이 정도 숫자를 보내 놓고 고수 하나 딸려 보내지 않았다는 건 말이 안 될 테니까."

"그러게 말이야. 잔챙이들 상대하느라 힘 빼는 건 사양인데."

소무결에 말에 임무일이 히죽 웃음을 보였다.

소무결이 미간을 좁혔다.

"왜 그렇게 웃어? 지금 상황이……."

"다 방법이 있으니까 그러는 거다."

임무일이 짧게 대꾸하고는 시선을 돌려 지붕 위의 정주형을 쳐다봤다.

임무일과 비슷한 웃음을 보인 정주형이 이내 품속에서 몇 개의 주머니를 꺼내더니 사방으로 던져 버렸다. 그리고 그 뒤를 당소문의 암기가 뒤따르더니 순식간에 정주형이 집어 던진 주머니를 따라잡아 그대로 틀어박혔다.

팡, 팡 무언가가 터져 나가는 소리가 연거푸 들리더니 어둠 속에서도 확연하게 드러나는 뿌연 가루가 사방으로 흩날렸다.

소무결이 재빨리 소매를 들어 제 입과 코를 틀어막으며 원망이 가득한 얼굴로 임무일을 쳐다봤다.

"이 자식아! 독을 쓸 거면 미리 귀띔이라도 해 줘야지! 주형이 자식 독은 독해서 재수 없으면 진짜 죽는다고!"

"그 자식, 엄살 하고는. 받아. 주형이한테 받아온 거니까."

임무일이 손가락을 튕기자 콩알만 한 검은색 단환이 휙 하고 날아들었다.

가볍게 단환을 낚아챈 소무결이 주저 없이 그것을 입 안에 털어 넣었다.

약효가 빨리 돌려면 꼭꼭 씹어야 했다.

"무슨 놈의 해약이 이렇게 써? 독약이라고 해도 믿겠네."

소무결이 얼굴을 잔뜩 찌푸린 채 투덜거렸다.

그 순간 사방에서 비명 소리가 터져 나오기 시작했다.

정주형의 독이 그 짧은 순간 사방으로 퍼져 나가며 적을 덮친 것이다.

정주형의 독을 접한 이들은 오장육부가 찢어지는 듯한 통증에 마구 바닥을 구르며 비명을 질러 댔다.

시야를 가리고 있던 수풀이 요란하게 흔들리며 몇몇 개의 인영이 모습을 드러냈다.

대부분 고통에 정신을 차리지 못하는 모습이었지만 개중에는 어떻게든 살아보려 두 눈에 핏발을 세운 채 꾸역꾸역 다가오며 해약을 구걸하는 이들도 있었다.

그러나 그들은 소무결과 임무일의 근처에도 다가오지 못하고 그대로 바닥을 구르더니 이내 축 늘어지며 미동조차 보이지 않았다.

그 참혹한 광경을 물끄러미 쳐다보고 있던 소무결이 저도 모르게 중얼거렸다.

"장난 아니네…… 이게 봉마곡에서 소문이네 할배가 알려 준 거지?"

"그러니까 주형이와 소문이가 그렇게 애지중지 하는 거겠지. 덕분에 잔챙이들 상대로 힘을 빼지는 않았는데……."

이 이후가 문제였다.

기감을 넓혔음에도 상대방이 걸려들지 않고 있었다.

생각보다 고수라는 뜻이다.

임무일이 다시금 긴장한 얼굴로 주변을 살피는 순간.

획, 획 하는 소리와 함께 크고 작은 인영 두 개가 바닥에서 훅 솟구쳐 오르듯이 모습을 드러냈다.

그들의 모습을 확인한 소무결이 당황한 얼굴을 했다.

"어? 당신들은……."

정무맹에서 잠깐이나마 마주했던 위일청과 조문홍.

낙류장의 두 마두가 모습을 드러낸 것이다.

예상치 못한 상황에 소무결과 임무일이 당황한 얼굴을 한 그때.

조문홍이 악동 같은 웃음을 보이며 말했다.

"심심해서 아무 일이나 맡았는데…… 이거 진짜 재밌는 일이 생겼네."

조문홍과 위일청을 마주한 임무일의 얼굴이 딱딱하게 굳어졌다.

그들이 움직이는 것을 경험하지 못한 소무결과는 달리 임무일은 직접 그들과 마주한 경험이 있었기 때문이다.

"젠장……."

소무결이 긴장한 얼굴의 임무일을 힐끔 쳐다보며 말했다.

"왜 그래?"

"조심해라. 저것들 진짜 괴물이니까."

"응? 괴물?"

소무결이 고개를 갸웃거리며 재차 질문했다.

그러나 임무일은 더 이상 대꾸가 없었다.

딱딱하게 굳어진 그를 대신해서 목소리를 낸 것은 조문홍이었다.

임무일을 쳐다보던 조문홍이 킥킥 웃으며 말했다.

"안 그래도 지난번에 일을 마무리하지 못해서 된통 깨졌는데…… 거봐, 내 말 듣기를 잘했지? 재밌을 거라니까."

여중평의 제안을 받아들인 것을 말하는 것이다.

처음에는 마뜩찮다는 얼굴을 하고 있던 위일청도 이제는 고개를 끄덕일 수밖에 없었다.

"그러게나 말일세. 설마 저것들을 여기서 만날 줄이야. 운이 좋아."

조문홍의 칭얼거림에 져 준 보람이 있었다.

위일청이 여전히 뒷짐을 짚은 채 한 걸음 앞으로 나서며 임무일과 시선을 맞췄다.

"쓸데없이 힘 빼지 말고 항복하는 게 어떤가? 서로 피곤하게 주먹질하지 말고."

이미 다 잡은 고기를 대하는 듯한 태도였다.

딱딱하게 굳어진 임무일을 대신해 소무결이 얼굴을 찌푸리며 말했다.

"뭔 헛소리를 하고 있어? 어따 대고 항복이야, 항복이. 영감, 노망났어?"

"허…… 새끼 거지가 입이 거칠구나. 넌 어른에게 존대해야 한다는 것도 모르느냐?"

"어른은 개뿔. 그것도 사람 봐 가면서 하는 거고. 내가 미쳤어? 내 목에 칼 들이대려는 영감한테 존대를 하게? 사리 분간이 안 될 정도로 정신이 나간 거야? 그런 거면 얼른 집으로 가 봐. 그렇게 돌아다니다가 어딘지도 모를 곳에서 객사할지도 모르니까."

"이놈이……."

위일청이 얼굴을 찌푸렸다.

그러나 소무결이 원하는 수준은 아니었다.

적이 흥분하면 흥분할수록 좋다는 것을 몇 번의 경험으로 충분히 알고 있던 소무결이 다시 한 번 입을 열려 할 때, 조문홍이 앞으로 나서며 위일청의 소매를 잡아끌었다.

"뭘 그렇게 흥분하고 그래? 저놈이 틀린 말을 한 것도 아니구만."

"자네⋯⋯."

"죽고 죽이는 싸움인데 저 정도쯤이야."

그리고는 소무결과 시선을 맞추며 묘한 웃음을 보였다.

"고놈 한번 영악하네. 벌써 그 나이에 상대를 흥분시키려
할 줄도 알고. 근데 그거 알아? 개미가 발악해 봐야 사람은
신경도 안 쓴다는 거? 아무리 발악해 봐야 깔려 죽는 건 매
한가지야. 아니지. 열 받아서 더 잔인하게 밟아 버리려나?
이를테면 사지를 하나씩 떼어 놓는다거나?"

"홍. 그 정도야 강호에 나올 때 이미 각오한 거고. 그보다
어린놈의 시키가 싸가지 없게 어따 대고 반말이야? 죽고
싶⋯⋯ 으헉!"

눈을 부라리던 소무결이 기겁을 하며 몸을 틀었다.

푹 소리가 나더니 소무결이 있던 자리에 손가락 두께의
구멍이 뚫렸다.

소리 없이 다가온 상대방의 경력에 소무결이 딱딱하게
얼굴을 굳혔다.

"암경⋯⋯."

"호오, 그걸 피했어? 제법 신경 썼는데?"

조문홍이 의외라는 얼굴로 소무결을 쳐다봤다.

그러나 이내 악동과도 같은 얼굴로 다시 말했다.

"기본은 됐는데, 그러면 뭐해? 개미는 개미라니까."

말을 끝내기가 무섭게 조문홍의 신형이 푹 꺼지듯 그 자리에서 사라졌다.

소무결이 상대를 찾을 틈도 없이 본능적으로 몸을 뺐다.

쾅!

조문홍의 막강한 경력이 바닥을 후려치며 흙먼지가 훅 피어올랐다.

"뭐, 뭐!"

예상보다 더 강력한 상대의 경력에 소무결이 당황한 얼굴을 했다.

조문홍의 외모가 아직은 어린아이와도 같았기에 놀라움이 배가됐다.

"뭔 어린놈의 새끼가 경력이……."

그 순간 조문홍의 얼굴이 소무결의 눈앞에 불쑥 솟구쳐 올랐다.

"내가 어려 보여?"

"헉!"

소무결이 급하게 숨을 토해 내며 타구봉을 들었다.

탁 소리가 나더니 조문홍이 소무결의 타구봉을 어렵지 않게 낚아챘다.

"어?"

무언가에 틀어박힌 듯, 꿈쩍도 하지 않는 타구봉에 소무결이 당황한 얼굴을 했다.

그리고 그 순간 조문홍이 소무결의 코앞으로 제 얼굴을 들이댔다.

"내가 어려 보여? 그것도 나쁘지는 않은데, 그래도 내가 네 세 배는 더 살았다고."

"무슨 그런 말도 안 되는······!"

소무결이 제 처지도 잊고 눈을 동그랗게 떴다.

조문홍이 히죽 웃으며 고개를 끄덕였다.

"말 돼. 그러니까 좀 맞자. 일청이가 욕먹을 때는 몰랐는데, 내가 욕먹으니까 기분이 나쁘더라고. 그러니까······ 응?"

조문홍이 한 걸음 뒤로 물러서며 오른팔을 휙 내저었다.

이내 투둑 소리가 나더니 그의 발밑으로 가느다란 무언가가 하나둘씩 떨어져 내렸다.

제 발 밑에서 반짝이는 비침은 쳐다보지도 않은 채 조문홍이 지붕 위로 시선을 돌렸다.

그곳에는 당소문이 딱딱한 얼굴로 조문홍을 내려다보고 있었다.

"에이 씨, 귀찮게······ 가만 좀 있어. 네 차례 곧 오니까."

딱딱하게 굳어진 당소문 대신 조문홍의 말에 반응한 것은 정주형이었다.

"미쳤냐? 얌전히 앉아서 차례를 기다리게? 죽어, 이 자식아!"

정주형이 손안에 들린 독주머니를 튕겨 내듯 쏘아 냈다.

"요즘 것들은 학습 능력이 영…… 어?"

픽 웃음을 보이던 조문홍이 득달같이 달려드는 소무결의 모습에 당황한 얼굴을 했다.

그러나 그것도 잠시 조문홍이 재밌다는 얼굴을 했다.

"요것들 봐라?"

그리고는 한쪽 팔을 휙 내저어 날아드는 독주머니의 방향을 소무결에게로 틀어 버렸다.

그러나 소무결은 전혀 당황한 기색이 아니었다.

오히려 예상이라도 했다는 듯 주저 없이 타구봉을 찔러 넣었다.

정확하게 타구봉이 틀어박히자 독주머니가 팟하고 터져 나가더니 거무스름한 가루가 사방으로 비산했다.

제 몸을 돌보지 않고 덤벼드는 소무결의 모습에 조문홍이 얼굴을 찌푸렸다.

"해약이 있다 이건가?"

그러나 이내 고개를 잘게 저어 잡념을 날려 버리고는 양손을 부드럽게 회전시켰다.

사방으로 비산하던 독가루가 조문홍의 양손이 움직이는 궤적을 따라 순식간에 몰려들며 동그란 구를 만들었다.

소무결이 기다렸다는 듯이 그 구를 향해 타구봉을 찔러 넣었다.

픽!

"응?"

그러나 원하는 타격음이 아니었다.

흩어지지 않고 여전히 형체를 유지하고 있는 시커먼 구와 그것에 틀어박힌 제 타구봉.

예상치 못한 상황에 소무결이 입을 쩍 벌렸다.

"미, 미친!"

조문홍이 지닌 내력의 깊이가 보이지 않았다.

어느 수준의 내력을 보유해야 무형의 구로 유형의 제 타구봉을 가로막을 수 있는지 가늠이 되지 않는 것이다.

그런 소무결의 생각을 짐작이라도 한다는 듯 조문홍이 픽 웃으며 말했다.

"넌 죽었다 깨도 못 해."

그리고는 제 손의 구체를 쭉 잡아끌었다.

구체에 틀어박힌 소무결의 타구봉이 힘없이 끌려왔다.

"어?"

"야, 야 인마!"

한 걸음 물러서 있던 임무일과 위에서 내려다보고 있던 당소문과 정주형의 움직임이 급해졌다.

그러나 조문홍을 막아서기에는 많이 늦은 감이 있었다.

차마 타구봉을 놓지 못하고 순식간에 딸려 들어간 소무결의 눈길이 한순간 독해졌다.

'제길! 뭐라도 하나 가져간다!'

타구봉을 포기하려면 진즉에 했어야 했다.

그러나 그러기에는 많이 늦은 상황.

자신이 조문홍의 거리 안으로 들어섰고 빠져나오지 못할 것임을 직감적으로 느낀 것이다.

그렇다고 힘없이 조문홍에게 자신을 내줄 생각은 없었다.

뭐라도 하나는 가져갈 생각이다.

소무결이 어금니를 빠드득 갈며 기회를 노리는 순간, 조문홍이 기겁을 하며 거리를 벌렸다.

"으, 으헉!"

촤악!

긴 선이 그어지며 소무결과 조문홍의 사이를 갈라놨다.

누군가가 남긴 흔적을 어리둥절한 눈으로 쳐다보던 소무결은 이내 그 흔적의 주인을 떠올리고는 반색을 하며 고개를 틀었다.

"기야야!"

그러나 모용기는 한심하다는 얼굴로 그들을 쳐다볼 뿐이었다.

"너희들을 믿고 맡긴 내가 잘못이지. 어째 저런 퇴물들도 처리를 못 하냐? 한심하기는⋯⋯."

모용기가 쯧쯧 혀를 찼다.

그리고 그런 모용기의 반응에 소무결이 얼굴을 찡그렸다.

그러나 모용기가 먼저였다.

"됐고. 가서 운현이나 도와. 그쪽엔 제법 수가 많은 것 같더라."

모용기의 말에 소무결의 시선이 사당의 뒤로 향했다.

병장기 맞부딪치는 소리에 각종 고함과 비명이 어우러져 제법 소란스러웠다.

모용기가 소무결을 재촉했다.

"가 봐. 무일이 너도. 저 노인들은 내가 맡을…… 어라?"

위일청과 조문홍이 있던 자리로 시선을 돌리던 모용기가 한순간 눈을 동그랗게 뜨다가 얼굴을 찌푸렸다.

그들은 어느새 모습을 감추고 흔적조차 남기지 않았기 때문이다.

그 때 당소문이 지붕 위에서 툭 떨어져 내리며 모용기에게 다가섰다.

"어떻게 된 거냐? 너 분명……."

"분명이고 뭐고 운현이 도우라니까. 그것도 내가 나서야 해?"

모용기가 얼굴을 찌푸리며 당소문을 타박했다.

어느새 근처로 다가온 임무일이 고개를 끄덕였다.

"일단 이 일부터 해결하고 얘기하자."

그리고는 임무일이 먼저 몸을 날렸다.

그 뒤를 소무결과 정주형이 따라붙었다.

여전히 모용기의 곁에서 머뭇거리던 당소문은 결국은 고개를 끄덕일 수밖에 없었다.

"나중에 애기하자."

당소문마저 휙 하고 몸을 날리고 나자 사당 안에서 담설이 쪼르르 달려 나와 모용기에게 다가섰다.

"오라버니, 괜찮아요?"

"넌 내가 괜찮은 것처럼 보이냐?"

"아니요."

"알면서 뭘 물어봐?"

그와 동시에 모용기의 신형이 비틀거렸다.

반사적으로 그를 부축하려 팔을 낚아챈 담설은 자신의 손안에 묻어나는 축축한 물기에 화들짝 놀랐다.

"어? 이 땀 좀 봐."

그러나 모용기는 담설의 손길을 뿌리쳤다.

"그렇게 호들갑 떨 건 없고. 그 자식들 아직 근처에 있을지도 모르니까."

"하지만……"

"됐어. 몇 걸음 되지도 않으니까."

모용기가 덜덜 떨리는 다리를 억지로 참아 가며 사당 안으로 들어섰다.

담설이 기다렸다는 듯이 문을 닫아 버리자 모용기가 그 자리에 풀썩 주저앉았다.

철소화가 당황한 얼굴을 하며 모용기에게 달려들었다.

"어? 오빠!"

모용기가 얼굴을 찌푸리며 철소화를 쳐다봤다.

"시끄러. 머리 울린다고."

그러나 철소화를 밀어낼 기력이 남아 있지 않았다.

모용기가 저도 모르게 스르륵 눈을 감았다.

정신없이 발을 놀리던 와중에 먼저 이상함을 발견한 것은 위일청이었다.

위일청이 모용기 등이 있던 사당 방향을 돌아보며 고개를 갸웃거렸다.

"이거 이상한데……."

"뭐가 이상해? 빨리 뛰라니까!"

조문홍이 다급한 기색으로 소리를 높였다.

그러나 뒤따르는 위일청의 기척은 점점 더 멀어져 갔다.

조문홍이 더는 다리를 놀리지 못하고 뒤를 돌아보자 위일청은 어느새 그 자리에 서서 사당 쪽을 지그시 바라보고 있었다.

조문홍이 스르륵 위일청의 옆으로 다가서더니 얼굴을 찌푸렸다.

"뭐 해? 빨리 가자니까."

그러나 위일청은 미동도 없었다.

조문홍의 재촉이 한 번 더 더해지자 그제야 입을 여는 위일청이었다.

"이상하지 않아?"

"뭐가? 안 이상해. 당장 튀어야……."

"우리가 이렇게 도망가도록 내버려 둔다는 것 말일세. 그 녀석이 말도 안 되는 괴물이라고 하지 않았나?"

위일청의 말에 조문홍이 멈칫하며 입을 닫았다.

따라잡으려면 얼마든지 따라잡을 수 있는 모용기다.

그런데도 자신들이 도망가도록 내버려 둔다는 것에 그제야 조문홍도 이상함을 느낀 것이다.

조문홍이 어리둥절한 얼굴로 위일청을 쳐다봤다.

"무슨 꿍꿍이지?"

"글쎄……."

짐작하기 어려운 것은 위일청 역시 마찬가지였다.

그러나 방법이 없는 것은 아니었다.

"찔러볼까?"

"어? 싫어. 그 자식 괴물이라고. 진짜 죽어."

"아니, 우리가 나서자는 게 아닐세. 근처에 잔영과 담재선이 있지 않나?"

위일청의 말에 조문홍이 눈을 동그랗게 떴다.

그리고는 이내 예의 그 악동과도 같은 얼굴을 하며 히죽 웃음을 보였다.

"재밌겠는데?"

조문홍의 미소를 본 위일청이 고개를 끄덕였다.

"그럼 그 녀석들을 찾으러……."

"그 전에."

위일청의 말을 끊은 조문홍이 어딘가를 돌아봤다.

그리고는 여중평을 떠올리며 치가 떨린다는 얼굴로 이를 빠드득 갈았다.

"여가 놈부터 족쳐야지. 빌어먹을 새끼가 감히 누굴 죽이려고 들어?"

모용기가 눈을 떴을 때 여러 개의 시선이 옹기종기 몰려서 그를 쳐다보고 있었다.

철소화가 눈을 뜬 그를 확인하고는 반색을 하며 말했다.

"오빠, 일어났어? 좀 괜찮아?"

"응?"

어리둥절한 눈으로 잠깐 고민을 하던 모용기는 이내 자

신이 정신을 잃었던 이유를 알아채고는 한숨을 푹 내쉬며
말했다.

"어떻게 됐어?"

"응? 뭐가?"

"그 자식들 말이야. 어떻게 됐어?"

"아, 다 물러갔어. 무일이 오빠랑 무결이 오빠까지 합세
하니까 도망치기 바쁘던데?"

다행히 낙류장의 두 마두 같은 고수는 없었던 것이다.

가만히 고개를 끄덕이며 상체를 일으키려던 모용기는 훅
치고 들어오는 통증에 저도 모르게 신음성을 흘렸다.

"으음……"

온몸이 부서져 버린 것만 같았다.

조금만 움직여도 저릿저릿한 통증이 세차게 치고 올라왔
다.

내력의 보호 없이 검력을 이끌어 낸 결과였다.

"젠장."

모용기가 식은땀을 흘리며 얼굴을 찌푸리자 담설이 얼른
달라붙었다.

"오라버니, 괜찮으세요?"

"안 괜찮다니까. 아파 죽겠다고. 제길."

모용기가 와락 얼굴을 구긴 채 툴툴거렸다.

담설이 안절부절못하며 말했다.

"어, 어쩌죠? 이건 제가 살피기엔 무리인 것 같은
데……."

"됐어. 금방 좋아질 테니까. 그보다 조문홍이랑 위일청
두 마두들은 어떻게 됐어? 다시 안 왔어?"

"예. 다시 안 오던데요."

"다행이네."

담설의 대꾸에 모용기가 안도의 얼굴을 했다. 그러나 곧
고개를 휘휘 저으며 다시 목소리를 냈다.

"그래도 오래가진 않을 거야. 강호에서 굴러먹으면서 닳
도록 닳은 마두들이니까."

모용기의 말에 눈치 빠른 소무결이 대꾸했다.

"네 말은, 그것들이 다시 온다는 거야?"

"당연한 거 아니야? 내가 별로 건드리지도 않고 그냥 놔
줬는데. 거기서 이상함을 느끼지 못할 정도면 강호에서 지
금껏 버티지도 못했지. 죽어도 벌써 죽었어야지."

"으음……."

모용기의 말에 소무결이 저도 모르게 약하게 신음성을
흘렸다.

조문홍과 위일청을 다시 만난다 생각하니 눈앞이 깜깜했
던 탓이다.

소무결이 얼른 고개를 저으며 모용기에게 다시 말했다.

"그럼 어쩌지?"

"어쩌긴 뭘 어째? 빨리 튀어야지. 그러고 보니 왜 아직도 이러고 있어? 다 죽고 싶어서 그러는 거야? 어째 하나같이 생각이 없어?"

모용기가 못마땅하다는 눈으로 친구들을 타박했다.

할 말이 없었던 그들은 서로서로 시선을 맞추며 눈만 깜빡거렸다.

모용기가 한숨을 푹 내쉬더니 어렵사리 상체를 일으켰다.

"으윽……."

"오라버니, 아직은……."

"됐어. 이 정도는 움직일 수 있으니까. 이렇게 마냥 누워 있다간 진짜 죽는다고."

모용기를 향하는 시선에 걱정이 가득한 담설이었지만, 그녀는 결국 입을 다물 수밖에 없었다.

다른 이들보다 조금 더 많이 알고 있는 그녀는 지금 상황이 어느 정도로 위험한지 어렴풋이 짐작할 수 있었기 때문이다.

입을 닫고 있는 그녀를 대신해 목소리를 꺼낸 것은 임무일이었다.

"그래서 어쩌자는 거지? 이대로 남경으로 향하자는 건가?"

임무일의 질문에 모용기가 고민이 된다는 얼굴을 했다.

"남경에 가긴 가야 하는데……."

"그럼 지금 바로……."

급하게 자리에서 일어서려는 임무일이었다.

그러나 모용기는 고개를 저었다.

"일단 그것들을 따돌리는 게 먼저야. 진짜 죽는다고."

"네 말이 무슨 뜻인지는 안다. 그런데 우리만으로는 무리다. 그럴 바엔 차라리 저들에게 망설임이 있을 때 남경으로 가는 게 낫지 않겠어? 거기엔 주 씨 할배랑 단 씨 할배가 있을 테니까. 단 씨 할배는 몰라도 주 씨 할배 도움을 받으면 어렵지 않게 그것들을 물리칠 수 있을 것 같은데……."

저들에 대해 전혀 모르고 하는 말이다.

말해 준 적이 없이 없으니 이해 못 할 바는 아니었지만 절로 새어 나오는 한숨은 모용기도 어쩔 수 없었다.

"하아……."

"왜 그러지?"

모용기의 부정적인 반응에 임무일이 고개를 갸웃거렸다.

그러나 모용기는 고개를 저을 뿐이었다.

"아냐, 아무것도. 어쨌든 확실한 건 이 상태로 남경은 안 돼. 저들에게 들키지 않았다면 모를까, 들킨 이상은 절대 안 되지."

가만히 듣고 있던 정주형이 얼굴을 찌푸리며 말했다.

"뭔 소리야, 그게? 알아듣게 말해 봐."

"시끄러. 얼른 움직일 준비나 해. 시간 없으니까."

제대로 된 답을 주지 않는 모용기를 쳐다보며 정주형이 불만이 가득한 얼굴을 했다.

입술을 삐죽거리는 정주형의 어깨를 고민우가 툭하고 쳤다.

"사정은 나중에 알아보기로 하고, 일단 움직이자. 저 녀석이 저렇게까지 말하는 걸 보면 정말로 심상치 않아 보이니까."

고민우가 먼저 일어서자 다른 이들 역시 주섬주섬 일어나 사당 밖으로 나섰다.

이동할 준비를 갖추는 것이다.

그들의 뒷모습을 물끄러미 쳐다보던 모용기가 쩝하고 입맛을 다셨다.

그리고는 불안한 얼굴로 자신을 쳐다보며 눈알만 굴리고 있는 석대림을 쳐다보며 말했다.

"뭐 해? 너도 빨리 움직이지 않고."

"어? 전 형님을 업어야……."

"멍청아, 느려 터진 네 등에 업혀 가다간 금세 따라잡힌다고. 쓸데없는 소리 말고 나가서 다른 녀석들 따라서 흔적이나 지워."

"아, 알겠습니다."

석대림이 후다닥 사당 밖으로 나섰다.

모용기가 못마땅하다는 얼굴을 했다.

"저거 검각 아줌마 갈 때 같이 보낼 걸 그랬나? 은근히 짐이 되네……."

지난밤에도 전혀 도움이 되지 못한 석대림이다.

아직은 내세우기에 많이 부족하다 여긴 탓이다.

이럴 줄 알았다면 금소소가 검각으로 향할 때 같이 보내는 것이 나았겠다는 생각이 든 것이다.

"이제 와서 후회해 봐야……."

모용기가 고개를 저었다.

그 때 여태껏 모용기의 옆에 남아 있던 제갈연이 모용기의 눈치를 살피며 말했다.

"저……."

"응? 왜?"

"다른 게 아니고 이 상태로 남경으로 가면 다 죽는다고 했는데, 그거 혹시……."

확실히 제갈연은 눈치가 빨랐다.

남들이 흘려들은 것을 그녀만은 귀담아들은 것이다.

그러나 모용기는 고개를 저었다.

"나중에 말해 줄게. 지금은 아니야."

모용기의 거절에 제갈연이 섭섭하다는 얼굴을 했다.

그러나 얼른 고개를 저어 그러한 기색을 지워 내고는 자리에서 일어서는 제갈연이었다.

"저도 나가 볼게요."

"그래."

모용기가 고개를 끄덕이자 제갈연 역시 사당 밖으로 향했다.

그녀의 뒷모습을 물끄러미 쳐다보던 모용기는 문득 품 안으로 손을 집어넣었다.

조금은 말라 버린 듯 백 년 하수오의 까슬까슬한 감촉이 느껴졌다.

모용기가 한숨을 내쉬었다.

"이거 진짜 먹기 싫은데……."

결국 결론은 무당으로 되돌아가는 것이다.

현 상황에서 몸을 피할 수 있는 곳은 무당 외에는 딱히 떠오르지 않았던 탓이다.

올 때처럼 느긋하게 움직이는 것이 아니다 보니 제법 속도가 붙긴 했다.

그러나 무당까지는 거리가 꽤 된다.

대충 계산해도 아직은 한참을 더 움직여야 했다.

모용기가 답답한 마음에 한숨을 내쉬었다.

모용기를 업고 움직이던 운현이 모용기의 그러한 기색을 느끼고는 목소리를 냈다.

"그렇게 답답해하지 말라고. 생각보다 얼마 안 걸리니까.

다들 밤낮을 안 가리고 전력으로 질주하고 있다고."

그 부분은 모용기도 잘 안다.

그러나 그 정도로 저들을 떨쳐 낼 수 없다는 것도 잘 안다.

"그래도 느리니까 그러지."

"그럼 다들 너 같은 줄 알았냐? 너처럼 움직일 수 인간이 어디 있어? 그 정도는 감안해야지."

운현의 타박에 모용기가 끙하고 앓는 소리를 내며 입을 다물었다.

그 때 운현이 걸음을 멈추며 제 등에 업힌 모용기를 돌아 봤다.

모용기가 의아하다는 얼굴로 운현을 쳐다봤다.

"왜?"

"일단 좀 쉬자. 이러다가 무당에 도착하기도 전에 저 녀석들 다 죽어 나가겠다."

그 말에 일행을 향해 고개를 돌린 모용기의 얼굴이 이내 찌푸려졌다.

그나마 무공이 강한 편에 속하는 임무일이나 소무결 등은 사정이 좀 나아 보였지만, 무공이 조금 처지는 편인 정주형이나 당소문 등은 이미 한계에 달한 모습이었다.

제아무리 모용기라는 짐이 들려졌다 해도 운현을 따라잡는 것은 여간 쉬운 일이 아니었기 때문이다.

일행 중 경공에 가장 능통한 이가 바로 운현이었으니까.

만일 그가 일행들을 의식해 속도를 조절하지 않았다면 뒤처져도 한참 전에 뒤처졌을 것이다.

마음 같아선 무리를 해서라도 가야 한다고 말하고 싶었으나, 그 역시 좋은 방법은 아니었다.

이 이상 몰아붙이면 역효과가 날 수 있다는 것을 그 역시 잘 알고 있었기 때문이다.

모용기가 마지못해 고개를 끄덕였다.

"할 수 없지. 잠깐이라도 쉴 곳을 찾아야겠어."

운현이 모용기의 말에 동의하며 걸음을 멈추자 오래지 않아 하나둘씩 일행이 몰려들었다.

그리고 열린 공간임에도 거친 숨소리가 가득 들어차기 시작했다.

가장 늦게 도착한 정주형이 겨우 숨을 돌리고는 모용기를 쳐다봤다.

"왜 멈췄어?"

"좀 쉬다 가려고. 이러다가 무당에 도착하기도 전에 곡소리 나겠다."

모용기의 말에 정주형이 끙하고 앓는 소리를 냈다.

자신이 발목을 잡았다는 것을 알아챈 것이다.

모용기가 일행을 돌아보고는 누구 하나 빠진 이가 없다는 것을 확인한 후에야 다시 운현을 쳐다봤다.

"이제 쉴 곳 찾아봐."

"그러지."

운현이 고개를 끄덕이며 다시 움직이려 했다.

그 순간 양옆으로 펼쳐진 수풀이 자그맣게 움직이는가 싶더니 대낮임에도 검은 복장으로 빈틈없이 감싼 인영 하나가 불쑥 모습을 드러냈다.

그것에 가장 먼저 반응한 것은 아직 여유가 있던 운현이었다.

"어? 뭐……"

그와 동시에 일행의 시선이 한군데로 모여들었다.

그들의 시선을 한꺼번에 받은 잔영은 그들에게 눈길도 주지 않고 오로지 모용기만을 쳐다보며 말했다.

"위가 늙은이가 네놈에게 문제가 생긴 것 같다고 하더니, 아무래도 그 말이 사실인 것 같군."

결국 저들에게 따라잡힌 것이다.

그러나 모용기는 얼굴을 찌푸리기보다는 히죽 웃음을 머금으며 말했다.

"그렇게 보여? 내가 당신들을 유인한다는 생각은 안 해 봤고?"

여유가 넘치는 모용기의 모습에 잔영이 움찔하며 몸을 떨었다.

그가 남경 인근에서 보여 준 모습이 떠올랐기 때문이다.

그러나 그것도 잠시뿐이다.

이미 충분히 관찰을 하고 움직였던 탓이다.

잔영이 다시 여유를 찾으며 말했다.

"그렇다기엔 너무 급하게 움직이더군."

"그게 당신들을 유인하기 위한 거라니까."

"그렇다면 내가 도망가면 되겠군."

"도망은 갈 수 있고? 내가 그렇게 호락호락해 보여?"

모용기의 말에 잔영이 픽 웃음을 보였다.

그리고는 딱하고 손가락을 튕겼다.

양쪽으로 늘어진 수풀이 이전보다 조금 더 세차게 움직이는가 싶더니 언뜻 봐도 서른이 넘어 보이는 검은 인영들이 모습을 드러냈다.

"젠장."

"이, 이런……."

별다른 동요를 보이지 않는 모용기와 달리 다른 이들은 조금은 당황한 모습을 보였다.

그들의 반응을 확인한 잔영이 검은 복장 사이로 드러난 눈꼬리를 말아 올리며 말했다.

"굳이 도망갈 이유도 없어 보이는군."

그제야 모용기의 얼굴에도 변화가 생겼다.

급하게 움직인다는 핑계로 주변을 살피지 않은 것이 실수였다.

저들에게 틈을 허용한 것이다.

그러나 모용기는 얼른 신색을 회복하며 잔영에게 말했다.

"그래서 자신은 있어? 이래 봬도 내 친구들이 제법이라고. 당신들로는 안 될 것 같은……."

그러나 모용기는 다시 입을 다물어야만 했다.

짤랑짤랑한 목소리가 들려오며 그의 입을 강제로 다물게 한 탓이다.

"와, 일청이 말이 맞았네. 저 꼬맹이한테 문제가 생긴 게 맞는 것 같은데?"

조문홍이 악동 같은 웃음을 보이며 불쑥 모습을 드러냈다.

그리고 그 뒤를 이어 위일청 역시 모습을 드러냈다.

위일청이 웃음기가 가득한 얼굴로 모용기를 쳐다보며 말했다.

"끝이 보이지 않나? 이제 그만하는 게 어떤가?"

모용기가 빠드득 이를 갈았다.

"제길……."

이전처럼 명확하게 느껴지진 않았지만 흐릿하게나마 무언가를 잡아낼 수는 있었다.

모용기가 급하게 몸을 뺐다.

그러나 반응은 빠르지 못했고 움직임 자체도 현저하게 느렸다.

날카로운 무언가가 모용기의 왼쪽 어깨를 스쳐 지나가며 팟하고 핏물이 튀어 올랐다.

"큭!"

비틀거리는 모용기를 확인한 조문홍이 웃음을 보였다.

"뭐야? 그것도 못 피해? 정말 내상이라도 입은 거야?"

단 한 번의 암경으로 모용기에게 문제가 생겼다는 것을 확신하는 조문홍이었다.

여전히 악동과도 같은 얼굴을 한 조문홍이 모용기가 주춤거리며 물러선 거리만큼 다가오며 말했다.

"이걸 어째? 이제 입장이 바꼈네? 재미있지 않아?"

모용기가 얼굴을 찌푸리며 대꾸했다.

"더럽게 재미없거든?"

"네 생각이 중요한 게 아니야. 내가 재미있으면 된 거지. 너도 그랬잖아. 너도 우리 가지고 놀 때 재미있어 죽겠다는 얼굴이던데?"

"미친놈아, 그건 진짜 죽이려고 한 거고."

"그랬어? 그럼 그게 더 문제 아니야? 똑같이 하려면 나도 너희들 다 죽여야 하나?"

모용기가 얼굴을 찡그렸다.

괜히 쓸데없는 말을 했다 싶었던 것이다.

윗선의 지시가 어쨌든 수틀리면 제 하고 싶은 대로 하는 인간이 조문홍이라는 것을 잘 알기 때문이다.

모용기의 얼굴이 찌푸려지자 조문홍이 히죽거리며 웃음을 보였다.

"그렇게 걱정할 건 없고. 나도 입장이라는 게 있어서 다 죽일 마음은 없거든. 숨은 붙여 줄게."

그와 동시에 조문홍의 신형이 확하고 시야에서 사라졌다.

"젠장!"

모용기가 와락 얼굴을 구겼다.

그의 기척을 잡아내기가 쉽지 않았던 탓이다.

모용기가 마구잡이로 검을 휘둘렀다.

그러나 검기도 두르지 않은 그의 검은 조문홍에게 위협이 되지 못했다.

자신의 사각에서 불쑥 튀어나오는 조문홍의 모습에 모용기가 당황한 얼굴을 했다.

"어?"

그리고는 급하게 검 끝을 돌렸다.

턱!

그러나 그의 검 끝은 조문홍의 두 손가락 사이에 단단히 끼였다.

조문홍이 가벼운 동작으로 모용기의 검을 잡아당겼다.

모용기의 신형이 쭉 끌려 들어갔다.

그 순간 두 개의 신형이 조문홍의 좌우로 파고들었다.

"물러서!"

"죽어!"

임무일과 소무결이었다.

좌우에서 파고드는 임무일과 소무결의 모습에 조문홍이 얼굴을 찡그렸다.

그러나 모용기의 검 끝을 잡은 손가락을 펴지는 않았다.

조문홍이 한 걸음 물러서자 임무일과 소무결의 공세는 오히려 쭉 끌려 들어온 모용기를 향한 꼴이 되었다.

그러나 소무결과 임무일 누구도 당황하는 기색을 보이지 않았다.

임무일의 주먹과 소무결의 타구봉이 크게 회전하더니 방향을 바꿔 조문홍을 끈덕지게 따라붙었다.

"호오, 제법……."

조문홍은 결국 모용기를 놓아줘야 했다.

조문홍이 모용기를 속박하던 힘을 한 번에 거둬들였다.

그러나 모용기는 물러서기보다는 오히려 앞으로 나아가는 것을 선택했다.

날카로운 검 끝이 조문홍의 시선을 어지럽혔다.

그러나 그것은 시선 끌기일 뿐이다.

진짜는 소무결과 임무일이었다.

특히 임무일이 뿜어내는 경력은 막대한 내력의 소유자인 조문홍에게도 충분히 위협이 될 정도였다.

"제길."

조문홍이 얼굴을 찡그리더니 가볍게 바닥을 쿡 찍었다.

그의 신형이 잔상을 남기며 훅하고 사라지더니 위일청의 옆에서 불쑥 솟구쳐 올랐다.

위일청이 조문홍을 쳐다보며 말했다.

"생각보다 제법이군. 자네를 물러서게 하다니 말이야."

"시끄러. 얼른 나서기나 해. 제대로 해보자고."

조문홍의 말에 위일청이 시선을 돌렸다.

이제는 임무일과 소무결만이 아니라 모두가 한자리로 몰려든 모양새였다.

위일청이 픽 웃음을 흘리며 말했다.

"한자리에 모여 있어서 놓칠 염려는 없겠어."

그리고는 위일청과 조문홍이 바닥을 쿡 찍었다.

흐릿한 잔상을 남기며 좌우로 파고드는 그들을 간신히 확인한 모용기가 이를 악물었다.

"제길……."

멀찍이 떨어진 곳에 두 무리의 싸움을 지켜보는 담재선의 얼굴은 어딘가 모르게 초조해 보였다.

제 딸인 담설이 모용기와 함께하고 있기 때문이다.

곤란한 상황이었다.

그것이 그의 움직임에 망설임이 깃들게 한 것이다.

그러나 어차피 답은 정해져 있는 문제였다.

담재선이 후하고 한숨을 내쉬며 말했다.

"정말 어디 땅 끝이라도 찾아가서 숨어 지내야 하나?"

이 일을 치르고 나면 저들과는 완전히 적대적인 관계에
서게 된다.

아직은 자신들의 정체를 모른다 생각하는 정무맹과 패천
성에게는 조금 더 시간이 주어질 수도 있겠지만, 자신과 담
설에게는 그러한 시간이 주어지지 않을 것이다.

담재선은 그들의 정체를 명확하게 알고 있었고, 그러한
부분은 저들에게 독이 되기 때문이다.

수단과 방법을 가리지 않고 자신과 딸을 뒤쫓을 저들을
생각하니 눈앞이 깜깜했다.

쉽게 포기하지도 않을 것이다.

적어도 자신과 담설의 시신을 보고 나서야 만족할 이들
이었다.

그러나 그보다 더 곤란한 상황은 당장 저들을 뿌리치기
도 어렵다는 것이다.

눈앞의 적을 물리치는 것은 어렵지 않아 보였지만 그것이

끝이 아니었다.

조금 시간이 지나면 월향을 필두로 또 다른 고수들이 한꺼번에 밀려들 것이다.

무당으로 숨으면 무당이 피로 물들 것이고, 그것은 다른 문파들 역시 마찬가지였다.

"설아만이라도 빼내야 하는데……."

자신을 드러내지 않고 담설을 빼낼 방법이 없었다.

얼굴을 가린다 해도 눈치 빠른 잔영이나 위일청을 완전히 속일 방법이 마땅치 않았다.

"썩을…… 저 빌어먹을 놈은 대체 어디서 무슨 꼴을 당했길래……."

담재선이 문득 모용기에게로 시선을 돌렸다.

간간이 검을 내질러 적을 위협하고는 있었지만, 기본적으로는 일행에게 둘러싸여 보호를 받고 있는 모습이었다.

어디서 무슨 꼴을 당했기에 저렇게 무기력한 것인지 짐작조차 가지 않았다.

모용기를 못마땅하다는 눈으로 쳐다보던 담재선이 고개를 저었다.

그를 원망한다고 상황이 변하는 것은 아니었기 때문이다.

그것은 나중의 일이다.

일단은 눈앞의 상황에 집중해야 했다.

"어디까지 버틸 수 있을까?"

우려가 가득한 눈빛으로 바라보는 담재선이었지만, 쉽사리 움직이지는 않았다.

어디까지나 자신이 움직이는 것은 마지막이나 가서야 할 일이다.

제법 버텨 내는 모용기와 그 일행에게 마지막 기대를 걸어 보는 것이다.

그러나 이제껏 끈질지게 버텨 냈던 인내심이 무색하리만치 그 기대는 손쉽게 깨져 버리고 말았다.

조문홍의 경력과 담설의 내력이 맞부딪치며 일어난 여파에 그녀의 얼굴을 뒤덮고 있던 얇은 면구가 단숨에 찢겨져 나간 탓이다.

예전보다 더 아름다워진 담설의 맨얼굴이 몇 년 만에 햇볕에 노출되는 순간.

담재선이 당황한 얼굴을 했다.

"이, 이런!"

참룡
회귀록

斬龍回歸錄

참룡
회귀록

斬龍
回歸錄

78 章.

    모용기에게 향하는 조문홍의 장력을 확인한 담설이 급하게 몸을 움직였다.

    순식간에 모용기를 막아선 그녀의 몸에서 자연스럽게 차가운 한기가 일어났다.

    싸늘한 한기가 자신을 덮치자 조문홍이 눈을 동그랗게 떴다.

    "어? 이건……."

    어딘지 모르게 익숙한 기운에 조문홍이 고개를 갸웃거렸다.

    그리고 그 틈을 놓치지 않고 담설의 한기가 사각을 노리고 파고들었다.

자신에게 위협을 가하는 담설의 한기에 조문홍이 눈썹을 꿈틀거렸다.

"이 빌어먹을 년이!"

조문홍이 손을 휙 내저었다.

자연스레 경력이 일어나며 담설이 뿜어내는 한기를 후려 쳤다.

쾅!

요란한 폭음이 터져 나오며 날카로운 기운이 사방으로 흩어졌다.

담설이 양팔을 마구 휘저으며 그 기운을 해소하려 하지 만 완전히 막아 내기에는 무리였다.

몇 가닥 날카로운 기운이 담설의 방어선을 뚫어 내며 그 녀를 훑고 지나갔다.

제법 힘이 빠진 상태였지만 얇은 무언가를 찢어 내기에 는 충분했다.

"꺅!"

담설의 목소리가 저도 모르게 높아졌다.

그와 동시에 갈기갈기 찢어진 무언가가 사방으로 휘날렸 다.

"설아야!"

한 걸음 뒤에 있던 안은희가 급하게 담설을 끌어당겼다.

다행히도 어디가 상하지는 않은 모습이었다.

그러나 안은희는 익숙하지 않은 얼굴에 움찔 몸을 떨었다.

"설아야?"

생소한 눈으로 자신을 쳐다보는 안은희의 시선에 담설이 제 얼굴을 손으로 더듬더듬 짚어 갔다.

얼굴을 감싸고 있던 얇은 막은 사라지고 손의 촉감이 그대로 느껴졌다.

"이, 이런……."

몇 년 만에 본래의 얼굴을 드러낸 담설이 당황한 얼굴을 했다.

그리고 한 걸음 물러서서 그 모습을 유심히 쳐다보고 있던 조문홍이 고개를 갸웃거렸다.

"어라? 어디서 본 얼굴인데, 어디서 봤더라?"

분명히 자신이 기억하는 얼굴이었다.

그러나 머릿속에 뿌연 막이 쳐진 듯 쉽게 떠오르지 않았다.

조문홍이 쉽게 떠오르지 않는 기억에 얼굴을 찌푸릴 때, 소무결 등과 맞상대하고 있던 위일청이 어느새 그들을 떨쳐내며 조문홍의 곁으로 다가섰다.

위일청이 담설을 쳐다보며 고개를 끄덕였다.

"어디서 봤나 했더니, 담가 놈 딸년이었군."

"뭐? 누구?"

"왜 있잖나? 담가 놈이 잃어버렸다는 딸년. 기억 안 나는가?"

"기억이 나긴 하는데……."

"잘 보게. 담가 놈의 얼굴이 남아 있으니까."

위일청의 말에 조문홍이 눈매를 가늘게 좁히며 담설을 뚫어져라 쳐다봤다.

그리고는 오래지 않아 손뼉을 짝하고 치며 말했다.

"맞네, 맞아. 그런데 저년이 왜 여기 있지? 몇 년이나 모습을 감추고 있던 년이."

"글쎄……."

위일청이 애매하다는 눈으로 턱수염을 쓰다듬었다.

그 때 잔영이 다가오며 대신 대답했다.

"왜겠나? 딱 보면 그림이 그려지지 않나? 담가 놈이 다른 생각을 하고 있었다는 것이지."

"다른 생각?"

잔영의 말을 이해하느라 눈알을 굴리던 조문홍이 곧 그 의미를 이해했는지 황당하다는 얼굴을 했다.

"그놈 완전히 미친 거 아냐? 다른 생각을 한다고? 뭘 잘못 먹은 거 아니야?"

그러나 이내 담설에게로 시선을 옮기며 의아하다는 얼굴을 하는 조문홍이었다.

"근데 저년은 어떻게 살아 있는 거지? 죽었어도 벌써 죽었어야 하는데."

"그건 나도 모르지. 그래도 한 가지는 확실하군. 저년도 꼭 살려서 잡아가야 한다는 것. 어떻게 살아 있는 건지는 알아봐야 하니까."

잔영의 말에 이번에는 위일청이 고개를 끄덕이더니 잔영을 쳐다봤다.

"숨겨 두고 우리끼리 알고 싶지만…… 불가능하겠지?"

잔영이 대답 대신 주위를 획 둘러봤다.

잔영과 같은 복장을 한 이가 서른이 넘는다.

그러나 그것은 큰 문제가 아니었다.

"다 죽이는 건 어렵지 않지만 우리끼리 저년을 연구하는 것은 무리라고 보는데."

위일청이 끙하고 앓는 소리를 냈다.

"또 남 좋은 일만 하는군."

영 내키지 않는다는 얼굴이었다.

그러나 잔영은 고개를 저었다.

"그 부분은 나중에 생각해 보도록 하고, 일단 잡자고. 잡아 놓고 생각해 보자고."

이제껏 한 걸음 물러서서 사태를 관망하고 있던 잔영이 처음으로 제 검을 뽑아 들었다.

어지간해서는 앞으로 나서지 않는 잔영이었지만 담설의 존재가 그를 움직이게 한 것이다.

"늦으면 담가 놈이 올지도 모르니까 그 전에 처리해야지."

그것은 곤란했다.

위일청이 잔영의 말에 동의하듯 고개를 끄덕이며 앞으로 나서려는데, 조문홍이 순간 고개를 틀며 얼굴을 찡그렸다.

"이미 늦었어."

"뭐?"

위일청이 의아하다는 얼굴로 의문을 표했다.

그리고 그 순간 희끄무레한 형상이 담설의 앞에 불쑥 치솟아 오르더니 곧 명확하게 형상을 갖춰 갔다.

익숙한 뒷모습에 담설이 저도 모르게 목소리를 높였다.

"아버지!"

그러나 담재선은 뒤를 돌아보지 않았다.

대신 당황하는 위일청 등을 내려다보듯 오만한 눈을 한 채 목소리를 냈다.

"누굴 잡아가겠다고?"

담재선의 존재감이 흐름을 바꿨다.

모용기 일행을 압박하던 검은 인영들이 담재선의 싸늘한 한기에 일제히 물러섰다.

조문홍과 위일청, 잔영 역시 예외는 아니었다.

낙류장의 두 마두와 함께 물러서 담재선과의 거리를 충분히 벌린 잔영. 무복 사이로 드러난 그의 두 눈이 미미하게 찌푸려졌다.

"뭐 하는 거지?"

"이미 다 알고 있는 것을 굳이 물어보는 이유가 뭔가?"

"자네야말로 몰라서 그러는 것인가? 벗어나는 것은 불가능하다는 것을 잘 알고 있을 텐데?"

"가능할지 불가능할지는 겪어 봐야 아는 일이고."

담재선의 대꾸에 잔영이 픽 웃음을 보였다.

"자네가 그렇게 멍청할 줄은 생각도 못 했군. 겨우 그 정도 계산도 되지 않는 건가? 굳이 겪어 보지 않아도 보이는 것을 말이야."

절대로 벗어나지 못한다.

그것이 잔영의 생각이었고, 위일청과 조문홍 역시 그의 말에 동조하듯 고개를 끄덕였다.

담재선은 잔영의 말에 대답하기 전에 먼저 주위를 살폈다.

"서른다섯? 서른일곱?"

자신들의 수를 헤아리는 그의 모습에 잔영이 고개를 갸웃거리며 말했다.

"뭐 하는 거지?"

담재선은 여전히 상대의 수를 헤아리는 것이 먼저였다.

제법 거리가 있는 곳에 위치한 마지막 기척까지 잡아낸 뒤에야 그가 고개를 끄덕이며 잔영을 돌아봤다.

"자네 말대로 벗어나는 것은 불가능할지도 모를 일이지."

"그런데?"

"그래도 조금이라도 더 오래 살고 싶은 것이 사람 마음 아니겠나? 여기 있는 것들을 싹 지워 버리면 몇 년은 더 살 수 있을 것도 같은데."

담재선의 말에 잔영이 흠칫 몸을 떨었다.

별다른 살기를 내보이지 않은 담담한 말투였지만 그의 경지를 어렴풋이나마 알고 있는 잔영에게는 쉽게 흘려들을 수 있는 말이 아니었다.

그러나 조문홍은 생각이 달랐다.

"이 썩을 놈이 보자 보자 하니까 누구한테 죽이네, 마네 야? 진짜 죽고 싶어? 네놈 혼자 상대할 수 있을 정도로 우리 가 그렇게 우습게 보여?"

조문홍이 잔영을 밀쳐내며 한걸음 나서더니 나이답지 않 게 하얀 송곳니를 내보이며 으르렁거렸다.

빛을 받아 반짝이는 그의 송곳니에 잠시 정신이 팔렸던 담재선은 이내 고개를 가로저으며 말을 받았다.

"나 혼자서 자네들 모두를 상대하고 이 자리를 빠르게 벗어나는 것은 무리겠지. 노도진 그놈이라면 쉽게 해치울 지도 모르겠지만."

노도진을 언급하는 담재선의 말에 조문홍이 미간을 좁혔 다.

그러나 당장 급한 일은 그것이 아니다.

잡념을 날려 버린 조문홍이 다시 목소리를 냈다.

"그걸 아는 놈이 그래? 그러지 말고 내려놓지? 여기서 멈추면 너와 네 딸년이 살 수 있을지도 모르니까. 불확실한 것에 미련을 두는 것보다는 낫지 않겠어?"

"나 혼자서는 무리라고 했다."

"뭐? 대체 무슨 말이 하고 싶은 거야?"

담재선은 조문홍의 질문에 대꾸를 하기 전에 먼저 시선을 돌렸다.

그의 시선을 따라가던 조문홍은 어느새 한자리에 모여 있는 모용기 일행을 확인하고는 딱딱하게 얼굴이 굳어졌다.

"어? 설마……."

위일청이 가볍게 한숨을 내쉬더니 한 걸음 앞으로 나서며 조문홍의 어깨를 툭 쳤다.

"담가 놈 딸년이 저놈들과 함께 있을 때부터 눈치를 챘어야지. 싸움이 벌어지면 저놈들이 보고만 있겠나? 당연히 담가 놈 편을 들겠지."

그것은 곤란했다.

자신들 중 일부라도 모용기 일행에게 묶여 버리면 담재선을 상대할 자신이 없었기 때문이다.

모용기 일행과 담재선을 번갈아 가며 쳐다보던 조문홍이 얼굴을 찡그렸다.

"빌어먹을……."

그 때 위일청이 조문홍의 어깨를 툭 치며 말했다.

"가세."

"젠장."

조문홍이 얼굴을 일그러뜨렸다.

어지간히도 마음에 차지 않는다는 인상이었다.

그러나 자신들 둘로는 할 수 있는 것이 없었다.

잔영과 그 수하들은 이미 멀찌감치 멀어지고 있었기 때문이다.

어렵사리 미련을 접은 조문홍이 먼저 바닥을 박찼다.

순식간에 멀어지는 그의 뒷모습을 힐끔 쳐다본 위일청이 마지막으로 담재선을 돌아봤다.

"언젠가는 오늘의 선택을 후회하게 될 날이 올 것이야."

위일청의 말에 담재선이 동의한다는 듯이 고개를 끄덕였다.

"그렇군. 자네들을 살려 두면 언젠가는 후회할지도 모르겠어. 그 전에 하나라도 꺾어 두는 것이 낫지 않을까?"

담재선의 말이 끝나기가 무섭게 위일청이 바닥을 찍었다.

순식간에 멀어지는 그의 모습과는 다르게 내력이 가득 실린 쩌렁쩌렁한 목소리는 여전히 그 자리에 남아 있었다.

"빌어먹을 자식! 반드시 후회하게 만들어 주겠다!"

위일청 등이 시야에서 벗어나기를 기다린 담재선은 그들의 기척이 완전히 사라지고 난 후에야 몸을 돌렸다.

담설이 기다렸다는 듯이 몸을 날려 담재선에게 안겨 들었다.

"아버지!"

담재선이 제 품에 안긴 딸의 머리를 부드럽게 쓰다듬었다.

"괜찮으냐?"

"전 괜찮아요."

기분이 좋은지 밝게 웃으며 대구하는 담설이었다.

그러나 그를 내려다보는 담재선은 안쓰럽다는 얼굴을 했다.

"흉이 지겠구나."

조문홍의 경력이 그녀의 얼굴 군데군데에 생채기를 남겼다.

그리 큰 상처들은 아니었지만 흔적이 남을 것만 같았다.

그러나 담설은 여전히 웃는 얼굴로 고개를 저었다.

"스승님께서 주신 고약이 있어요. 그걸 바르면 감쪽같이 나을 거예요."

"그거 다행이구나."

담재선이 조금은 나아진 얼굴로 고개를 끄덕였다.

그러나 그것도 잠시, 자신에게 다가서는 모용기를 마주

할 때는 어느새 딱딱한 얼굴을 하는 담재선이었다.

그것은 모용기 역시 마찬가지였다.

담재선과 시선을 마주한 모용기가 못마땅하다는 듯이 얼굴을 찌푸리며 말했다.

"도와주려면 진즉에 도와주든가. 이게 뭐야? 다 다치고 나서……."

모용기가 가늘게 핏물이 흐르는 제 옆구리를 움켜잡고 있었다.

잔영의 검에 당한 상처였다.

그리 큰 상처는 아니었지만 통증이 있었다.

움직이는 것에 지장이 생겼다.

그 부분이 못마땅한 것이다.

그러나 그보다는 다른 것에 더 관심을 두는 담재선이었다.

"어떻게 된 거지?"

"뭐가?"

"무공 말이다. 대체 어떻게……."

담재선은 도무지 이해할 수가 없다는 얼굴이었다.

그러나 모용기는 담재선의 의문을 풀어 줄 수가 없었다.

"그거 말하자면 긴데, 그럴 시간이 있겠어?"

담재선이 고민도 하지 않고 고개를 저었다.

당연히 시간이 없었기 때문이다.

제 의문보다 더 급한 일이 있었다.

담재선이 질문을 바꿨다.

"이제 어떻게 할 생각이지?"

그제야 질문다운 질문을 하는 담재선이었다.

모용기가 질문이 마음에 든다는 얼굴로 고개를 끄덕이며
대꾸했다.

"무당으로 돌아갈 생각인데……"

이번에는 담재선이 못마땅하다는 얼굴을 했다.

"무당을 피로 씻을 생각인가?"

담재선이 무슨 말을 하는지 단번에 알아들은 모용기였
다.

그러나 모용기는 회의적인 얼굴을 했다.

"설마…… 그렇게까지 하려고?"

"그들을 잘 알 텐데?"

"잘 아니까 하는 소리지. 무당이 화를 당하면 민초들이
불안에 떨 테니까. 그런 짓은 어지간해선 안 하잖아?"

모용기의 말에도 일리가 있었다.

그러나 담재선은 확신이 가득한 얼굴로 고개를 저었다.

"내가 무당에 있다면 그들은 그렇게 한다. 어쩌면 너희들
역시…… 어찌 되었건 우리 설아와 함께 있었으니까 의심
할지도 모를 일이지. 아니지, 무조건 의심하겠군."

흔적이 드러나는 것을 극도로 경계하는 이들이다.

자신들의 정체를 알고 있는 이를 가만히 내버려 둘 리가 만무했다.

또한 조금이라도 의심이 든다면 뿌리째 뽑아 버리고도 남을 이들이었다.

그 뜻을 알아들은 모용기가 얼굴을 찌푸렸다.

"확실히 무당으로 가는 건 무리일지도 모르겠는데……."

그러나 다른 방안도 마땅치 않았다.

몇 가지 대안을 놓고 고민을 해 보려 해도 선뜻 손이 가지 않았던 것이다.

미간을 좁힌 채 머리를 굴리던 모용기가 문득 담재선을 쳐다봤다.

"아저씨. 아저씨는 어떻게 했으면 좋겠어?"

"뭘 말인가?"

"왜 모르는 척이야? 뭐긴 뭐겠어? 이제 어떻게 했으면 좋겠냐는 거지."

모용기가 담재선을 타박하는 말투로 목소리를 냈다.

담재선이 얼굴을 찌푸리며 모용기의 말에 대꾸했다.

"그걸 왜 나한테 묻는 거지?"

"뭐?"

"그걸 왜 나한테 묻느냐고 말했다. 설마 내가 네 녀석과 함께하리라고 기대한 건가?"

담재선의 말에 모용기가 눈을 동그랗게 떴다.

그리고 당황하는 것은 담설 역시 마찬가지였다.

"아, 아버…… 어?"

눈을 동그랗게 뜨고 제 아비를 쳐다보던 담설은 한순간 스르륵 눈을 감았다.

담재선의 손이 기척 없이 움직이며 그녀의 혈을 짚은 것이다.

힘없이 흘러내리는 그녀의 신형을 받아 든 담재선을 물끄러미 쳐다보던 모용기가 어느새 당황한 감정을 가라앉히며 침착한 얼굴로 질문했다.

"그래서? 이제 어떻게 할 거지?"

"네 녀석이 예전에 말하지 않았나? 아무도 없는 곳에 가서 숨죽이고 지내라고. 그렇게 해 볼 생각이다."

담재선의 말에 모용기가 고개를 끄덕였다.

그러나 여전히 의문이 남아 있었다.

"어디로?"

"굳이 알고 싶나?"

"아저씨야 어떻게 되던 내 알 바는 아니지만 설아 일은 또 그렇지 않거든."

담재선이 모용기를 물끄러미 쳐다봤다.

담재선의 얼굴에는 망설임이 가득했다.

알고 모른 척하는 것과 정말로 모르는 것은 차이가 크기 때문이다.

단단한 심지를 가진 이라도 그것은 마찬가지였다.

그런 담재선의 망설임을 읽은 모용기가 고개를 저었다.

"됐어. 내가 쓸데없는 질문을 했네. 그보다 내가 조언 하나 해도 될까?"

"조언?"

담재선의 두 눈에 의문이 깃들었다.

모용기가 고개를 끄덕이며 대꾸했다.

"다른 게 아니고, 빙궁 쪽으로는 눈길도 주지 말라고. 무슨 뜻인지 알지?"

모용기의 말에 담재선의 두 눈이 흔들렸다.

"내가 왜 그들에게 관심을 두리라 생각하는 건가?"

동요하는 기색이 역력한 담재선이었다. 그러나 모용기의 얼굴은 담담하기만 했다.

"그럼 됐어. 그렇게만 하면 돼. 그들에게 관심 두지 말고 어디 멀리 천축에라도 가서 조용히 숨죽이고 지내. 거기까지 가면 저들의 손에서 벗어날 수 있을지도 모를 일이니까."

그 말을 끝으로 모용기가 미련 없이 신형을 돌렸다.

조금씩 멀어져 가는 그의 뒷모습에 틀어박혀 있는 담재선의 눈동자가 조금씩 안정을 찾아갔다.

제법 거리가 벌어졌을 때쯤 담재선이 다시 입을 열었다.

다른 이들은 알아듣기도 힘들 정도로 작은 목소리였지만

모용기의 귀에는 똑똑히 틀어박혔다.

"미안하다."

시종 차가운 얼굴로 모용기를 대하고 있었지만 마음이 편한 것은 아니었다.

담재선이 저도 모르게 한숨을 내쉬었다.

그 한숨 소리에 모용기가 멈칫하며 걸음을 멈췄다.

그리고는 슬며시 뒤를 돌아봤으나, 어느새 텅 빈 공간에 담재선이 그랬듯 그 역시 나직하게 한숨을 내쉬었다.

이내 작게 고개를 저은 모용기가 다시금 걸음을 옮겨 제 친구들에게 다가갔다.

의문이 가득한 눈동자들이 모용기에게 날아들었다.

그러나 이번에도 담재선이 그랬듯 더 급한 일을 생각하는 모용기였다.

손을 들어 호기심이 가득한 눈으로 자신에게 다가서는 소무결을 제지한 모용기가 친구들을 돌아보며 말했다.

"설아 얘기는 나중에 하도록 하고, 일단 움직이자. 일단은 저들의 손에서 빠져나가는 것이 먼저니까."

다른 이들 역시 무엇이 우선인지는 어렵지 않게 알 수 있었다.

다들 의문을 누르고 고개를 끄덕였다.

단 한 사람만을 제외하고.

철소화가 모용기를 쳐다보며 질문했다.

"근데…… 어디로 가지?"

"그걸 왜 나한테 물어봐? 네가 더 잘 알 텐데."

"내가?"

철소화가 손가락으로 자신을 가리키며 눈을 깜빡거렸다.

모용기는 의문이 가득한 얼굴의 그녀에게 대답을 하는 대신 친구들을 돌아봤다.

한 번에 해결할 생각이다.

"이제 그만 찢어지자."

모용기의 말에 소무결이 눈을 동그랗게 뜨며 철소화보다 먼저 반응했다.

"갑자기 뭔 소리야?"

"뭔 소리긴. 말 그대로지. 이제 그만 찢어지자고."

"그러니까 갑자기 왜? 지금 이 판국에?"

"지금 이 판국이니까 찢어지자 그러지, 별일 없으면 찢어지자 그러겠어? 이건 왜 이렇게 생각이 없어?"

"생각이 없는 건 너고. 다 같이 모여 있어도 감당하기 어려운데 찢어지자고? 진짜 죽자는 소리야?"

"미쳤어? 죽긴 왜 죽어? 당연히 살자고 하는 소린데."

"그게 어떻게 살자는 소리야? 죽자는 소리지. 다 흩어져서 저것들을 어떻게 감당하라고? 일단은 뭉쳐 있어야……"

"뭉쳐 있으면 감당이 되고?"

모용기의 말에 소무결이 혐하고 입을 다물었다.

뭉쳐 있으나 떨어져 있으나 감당이 안 되긴 마찬가지였기 때문이다.

그 때, 가만히 지켜보고만 있던 임무일이 한 걸음 나서며 말했다.

"그러니까 네 말은 하나라도 살아남자는 말인가?"

"뭐, 쓸모가 있으니 죽이진 않겠지만…… 비슷한 의미긴 하지. 하나라도 무당이든 정무맹이든 패천성이든 알리기만 하면 되는 거니까."

모용기가 별것 아니라는 투로 대꾸했지만 내용은 제법 심각한 것이었다.

철소화가 떨리는 목소리로 모용기를 불렀다.

"오, 오빠……."

"걱정할 것 없다니까. 안 죽일 거야. 고생은 좀 할지 몰라도."

"하지만……."

"하지만이 아니지. 너도 이대로 모여 있다가 사이좋게 다같이 잡혀갈 생각은 아니잖아? 그건 안 돼. 뒤가 없거든. 하나라도 빠져나가야 희망이 있지."

모용기의 말에 철소화가 입을 꼭 다물었다.

냉정한 판단에 딱히 반대의 말이 떠오르지 않았기 때문이다.

모용기가 히죽 웃음을 보이더니 다른 친구들을 돌아봤다.

"내 말 알아들었지? 이제 찢어지자."

모용기가 더 볼 것도 없다는 듯이 신형을 돌리려 했다.

그러나 이번에는 고민우가 나서며 모용기를 잡아챘다.

"왜?"

"이대로 가겠다고?"

"그렇다니까."

"너 혼자?"

"왜? 뭐가 잘못됐어?"

고민우가 대답 대신 미간을 좁혔다.

운현이 고민우를 대신해 목소리를 냈다.

"무공도 제대로 못 쓰면서, 그 몸으로 혼자 가겠다고? 아서, 자식아."

"뭐, 인마?"

"왜? 내가 틀린 말 했어? 그 몸으로 움직여 봐야 채 십 리도 못 갈걸? 혼자 가긴 어딜 혼자 가?"

"이 자식이 날 어떻게 보고……"

"어떻게 보긴. 내력도 못 쓰는 반푼이로 보지."

"뭐, 인마?"

"시끄럽고. 넌 나랑 같이 움직인다."

"미쳤어? 내가 왜 너랑 같이……"

"내가 제일 빠르니까."

운현이 단호한 얼굴로 말하더니 나머지 일행을 돌아봤다.

"너희들도 알아서 흩어져. 그래도 두세 명이 같이 움직이는 게 더 낫다는 건 말 안 해도 알지?"

고민우가 고개를 끄덕였다.

"그게 좋겠다."

그러나 모용기는 고민우와 반대로 세차게 고개를 저었다.

"좋긴 뭐가 좋아, 자식아! 난 싫다니까? 혼자 갈 거라고. 두셋이 몰려다니려면 너희들이나 그러라고."

"이게 왜 반항이야? 제 몸도 못 가누는 주제에. 그 몸으로 혼자 돌아다니다가 얼마 버티지도 못하고 잡히려고? 그건 좀 아니지 않냐? 시간이라도 끌어야 누구라도 하나 빠져나갈 거 아니야?"

운현의 말은 딱히 반박할 거리가 없었다.

그러나 모용기는 어린아이가 떼를 쓰듯 세차게 고개를 저었다.

"싫다고. 나 혼자 갈 거라니까. 내가 왜 사내놈이랑…… 그건 명진이나 무한이하고 실컷 했다고."

모용기의 말에 운현이 어이가 없다는 얼굴을 했다.

그것은 다른 이들 역시 마찬가지였다.

운현이 얼굴을 찌푸리며 모용기를 쳐다봤다.

"그러니까 네 말은……."

"맞아. 사내놈이랑은 같이 다니기 싫어."

모용기의 대꾸에 운현이 얼굴을 와락 구겼다.

"뭐 이딴 자식이 다 있어?"

"이딴 자식이고 저딴 자식이고 난 혼자 간다. 이제 됐지?"

"되긴 뭐가……."

운현이 휙 신형을 돌리는 모용기를 낚아채려 했다.

그러나 모용기를 막아서는 호리호리한 신형에 손길을 거두어야만 했다.

모용기가 얼굴을 찌푸리며 제 앞을 막아선 제갈연을 쳐다봤다.

"넌 또 왜?"

"같이 가요."

"뭐?"

모용기가 눈을 동그랗게 떴다.

제갈연이 생긋 웃으며 말했다.

"저와 같이 가요. 남자와는 같이 가기 싫다고 했으니까."

모용기가 극렬하게 제갈연을 거부했다.

그러나 제갈연은 모용기의 뒤를 끈덕지게 따라붙었다.

지금의 모용기로서는 제갈연을 떨쳐내기가 어려울 것이다.

멀어지는 둘의 모습에 소무결은 조금은 안심한 얼굴이었다.

제갈연이 그나마 모용기를 지켜 줄 수 있다는 생각이 들었기 때문이다.

그러나 임무일은 여전히 우려가 섞인 눈으로 소무결을 쳐다봤다.

"괜찮을까?"

"뭐가?"

"기아와 연아 말이다. 아무리 연아라도 혼자서는 기아를 보호하기가 어려울 텐데……."

한계가 있다 여긴 것이다.

그러나 소무결은 오히려 얼굴을 찌푸리며 임무일을 타박했다.

"누가 누굴 걱정해? 지금 위험한 건 쟤들만이 아니라고. 우리도 마찬가지야. 쓸데없는 걱정 말고 우리도 이제 흩어지자. 기아 말대로 누구 하나는 빠져나가야지. 그래야 뒤가 있다고."

소무결의 말에 임무일의 얼굴이 가라앉았다.

그제야 현실 속으로 돌아온 것이다.

임무일이 친구들을 힐끔 돌아보며 말했다.

"어떻게 나누지?"

"그건 너희들이 알아서 해. 너희들이 정무맹이나 무당에 갈 것도 아니잖아."

냉정하게 들리는 소무결의 목소리에 임무일이 얼굴을 찌푸렸다.

붙어 다닌 시간이 꽤나 길었지만 중요한 순간에는 결국 선이 그어졌기 때문이다.

그러나 임무일은 얼른 고개를 저었다.

그것은 소무결이 원해서 하는 것이 아니란 것을 잘 알기 때문이다.

"그럼 우린 패천성으로 향하지."

"둘로 쪼개서 한 무리는 하오문으로 향하는 게 좋을 거야."

"그러지."

고개를 끄덕이고는 신형을 돌리는 임무일을 물끄러미 쳐다보던 소무결은 이내 짧게 고개를 젓고는 운현에게로 시선을 돌렸다.

"우리도 빨리 흩어지자. 시간 없으니까."

"어떻게?"

"너는 영영이랑 같이 움직여. 대림이는 나랑 소문이가 데리고 갈게."

운현이 한쪽에서 잔뜩 주눅이 들어 있는 석대림을 힐끔거리며 말했다.

"대림이를 너네가? 괜찮겠어?"

"그럼 너네가 데리고 갈래? 그건 아니지. 우리보다 너네가 더 빠를 테니까."

소무결이 대수롭지 않다는 투로 말했지만 운현은 어렵지 않게 그 뜻을 읽었다.

운현이 딱딱하게 얼굴을 굳히며 소무결을 쳐다봤다.

"너, 인마……."

"됐어. 기아 놈 말대로 하나라도 빠져나가는 게 우선이니까. 당연히 빠른 놈이 빠져나가기 유리할 테고, 더 확률을 높이려면 나머지가 시간을 벌어야지."

"하지만……."

"앞서가지는 말고. 너희가 미끼가 될 수도 있으니까. 어느 쪽이든 못 빠져나가겠다 싶으면 최대한 시간을 번다. 알아들었어?"

운현이 말없이 고개를 끄덕였다.

소무결이 다시 말했다.

"그리고 너네가 빠르니까 정무맹으로 가. 이의 없지?"

"그렇게 할게."

운현의 대꾸를 들은 소무결이 고개를 끄덕이더니 임무일 등을 힐끔 쳐다봤다.

그들 역시 소무결의 말을 알아들었는지 고개를 끄덕였다.

소무결이 손뼉을 짝하고 쳤다.

"이제 찢어지자. 기아 놈 말대로 죽이지는 않을 것 같으니까, 너무 걱정하지는 말고. 우리 먼저 간다."

소무결이 먼저 등을 돌리자 당소문과 석대림이 그 뒤를 따랐다.

그리고 나머지도 각자의 목적지를 향해 방향을 잡았다.

먼저 움직이던 소무결이 문득 걸음을 멈추며 뒤를 돌아봤다.

뒤를 따르던 당소문이 소무결의 어깨를 툭 쳤다.

"왜 그래?"

"불안해서…… 진짜 죽는 놈은 없겠지?"

당소문이 고개를 끄덕이며 짧게 대꾸했다.

"괜찮을 거다."

멀리 친구들이 네 갈래로 흩어지는 모습을 물끄러미 쳐다보는 모용기의 안색이 어두웠다.

그 역시 걱정이 되기는 마찬가지였다.

그 때 제갈연이 당소문과 같은 말을 했다.

"괜찮을 거예요."

"그럴까?"

"쟤네들을 잡기는 쉽지 않을걸요? 다들 공자가 생각하는 것보다 더 제법이라고요. 그리고 공자도 말했잖아요. 어떻게 잡한다 해도 쓸모가 있으니까 죽이지는 않을 거라고."

"그렇긴 한데……."

모용기는 못내 불안한 얼굴이었다.

그러나 이내 고개를 저으며 제갈연을 돌아봤다.

아직 정리해야 할 것이 남았기 때문이다.

"너도 이제 그만 가 봐."

"예?"

제갈연이 눈을 동그랗게 떴다.

모용기가 다시 같은 말을 했다.

"너도 이제 그만 가 보라고. 방해가 되니까."

"그, 그게 무슨……."

모용기의 생소한 모습에 제갈연이 당황스러움을 감추지 못했다.

이제껏 자신에게는 보여 주지 않던 모습이었기 때문이다.

그러나 모용기는 여전히 냉정하기만 했다.

"말 그대로야. 방해가 된다. 그러니까 그만 가 봐."

모용기가 자신을 가려 주던 수풀 사이에서 벌떡 몸을 일으켰다.

그리고는 타박타박 걸음을 옮기며 근처의 산으로 향했다.

멍청한 얼굴을 하고 있던 제갈연이 얼른 모용기의 등 뒤로 따라붙었다.

"어디 가요?"

그 순간 쉭하는 소리가 함께 검광이 번쩍 터져 나왔다.

순간 멈칫하며 걸음을 멈춘 제갈연이 제 목 밑에 겨누어진 모용기의 검 끝을 보며 딱딱하게 얼굴을 굳혔다.

"이게 무슨 짓이에요?"

"말했잖아. 방해가 된다고. 그러니까 그만 가 보라고."

자신을 향하는 모용기의 차가운 눈빛에 제갈연이 입술을 꼭 깨물었다.

그러나 이대로 물러설 생각은 없는지 단호하게 고개를 젓는 제갈연이었다.

"싫어요."

"방해가 된다고 했다."

"왜 방해가 되는데요? 대체 무슨 일을 하려고?"

제갈연의 물음에 모용기가 멈칫하며 입을 다물었다.

제법 곤란한 듯한 얼굴이었다.

그러나 제갈연은 멈추지 않았다.

"혼자서 저들을 막아서려는 거죠? 어떻게든 시간을 끌어 보려고. 내가 공자 생각을 모를 줄 알았어요?"

제갈연의 말에 이제껏 차갑기만 하던 모용기의 눈이 흔들렸다.

그러나 얼른 다시 딱딱하게 얼굴을 굳히며 고개를 저었다.

"그럴 생각 없어."

그러나 제갈연은 그 짧은 순간의 모용기의 표정 변화를 확인했다.

제갈연이 확신에 찬 얼굴로 다시 말했다.

"제 말이 맞잖아요, 대체 저들을 무슨 수로 공자 혼자서 상대하겠다는 거죠? 그건 불가능하다고요. 제대로 시간을 끌지도 못한다고요."

모용기가 그제야 얼굴을 찡그렸다.

더는 제갈연을 속일 수 없음을 알아챘기 때문이다.

"그럼 어쩌자는 거지? 난 빠져나가지도 못하는데? 뭐라 도 해야 할 거 아니야? 이대로 손 놓고 있으라고?"

말 하나하나에 짜증이 배어 있었다.

제갈연을 향한 것이라기보다는 무기력한 자기 자신을 향한 짜증이었다.

제갈연이 크게 한숨을 내쉬는 모용기를 물끄러미 쳐다보다가 그가 다시 시선을 들 때, 그제야 예전처럼 생긋 웃으며 목소리를 냈다.

"이번에는 저한테 의지해 보라고요. 이래 봬도 제갈이라고요. 어릴 때부터 배운 게 꽤 많아요."

❖ ❖ ❖

잔영이 나무 아래에 엉덩이를 대고 있는 위일청과 조문홍에게로 다가서며 말했다.

"다섯 갈래라는데?"

"다섯 갈래? 요놈들 보게. 머리 좀 썼구만."

위일청이 제법이라는 얼굴을 했다.

그러나 그보다 더 큰 문제가 남아 있었다.

"담재선은?"

"아무래도 따로 떨어져 나간 것 같더군. 흔적이 없어."

"그놈의 흔적을 놓쳤으니 나중에 호되게 깨질지도 모르겠군."

"그렇긴 하지만 당장은 이게 나아. 그놈을 상대할 자신이 없으니까. 제 발로 사라져 줬으니 오히려 감사해야 할 일이지."

잔영의 말에 위일청이 고개를 끄덕였다.

그 역시 당장은 무리라는 것을 잘 알기 때문이다.

위일청이 조문홍을 쳐다보며 목소리를 냈다.

"어떻게 할 텐가? 어디로 움직일까?"

"글쎄……"

잠깐 고민을 하던 조문홍이 잔영을 쳐다봤다.

"그 모용기라는 꼬맹이가 어디로 향했는지는 알 방도가 없고?"

"그것까지는 어렵지. 지켜보고 있었던 것이 아닌 이상에
야……."

어깨를 들썩이는 잔영을 쳐다보며 조문홍이 고개를 끄덕
였다.

그리고는 엉덩이를 툭툭 털며 자리에서 일어섰다.

위일청이 조문홍을 쳐다봤다.

"어디로 움직일 텐가?"

"알면서 뭘 물어? 우리가 여기로 왔을 때 가장 먼저 발견
한 흔적이 이어진 곳. 그곳으로 가야지."

조문홍의 말에 위일청이 시선을 좌측으로 돌렸다.

위일청이 저 멀리 제법 험난해 보이는 야산을 물끄러미
쳐다보며 말했다.

"저곳으로? 어째 좀 찜찜한데…… 함정일 가능성이 높
아."

위일청이 영 내키지 않는다는 얼굴을 했다.

전문가를 동원해야 했던 다른 흔적들과는 다르게 그것만
은 흔적이 너무도 뚜렷하게 남아 있었다.

마치 노골적으로 자신들을 유혹하기라도 하는 것처럼.

그러나 조문홍은 여전히 헤실거리는 얼굴로 말했다.

"담가 놈도 없는데 무슨 걱정이야? 자고로 오라면 가는
게 인지상정이지. 대놓고 손님 맞을 준비를 하겠다는데, 너
는 궁금하지도 않아?"

"자네 말대로 대놓고 흔적을 남겼다는 것이 위험해 보이는군. 궁금하기보다는 걱정이 앞서."

"그게 다 나이가 들어서 그래. 정 그러면 너는 남아. 나 혼자 가 볼 테니까."

조문홍의 말에 위일청이 픽 웃음을 보였다.

겉모습에서 차이가 나는 것과는 다르게 자신과 조문홍은 어디까지나 동갑이었던 탓이다.

그러나 그 부분으로 말다툼을 벌일 생각은 들지 않았다.

'정말 늙어서 그런가?'

잠깐 고민을 하던 위일청은 이내 고개를 저어 잡념을 날려 버렸다.

조문홍이 그랬던 것처럼 위일청이 엉덩이를 툭툭 털며 자리에서 일어섰다.

"같이 가세."

"엥? 위험해 보여서 싫다면서?"

"자네는 갈 생각이지 않나? 그렇다면 나도 가야지. 둘이면 어지간해서는 빠져나올 수 있을 테니까."

조문홍에게 대구를 한 위일청이 잔영을 돌아봤다.

"자네는 어쩔 텐가?"

"나는 다른 녀석들을 찾아보지."

"자네 혼자? 그놈들이 쪼개져서 혼자 감당하기엔 버겁지 않겠나?"

"안 그래도 월향과 다른 고수들에게 연락을 했으니 곧 답이 올 거야."

"그렇다면야……."

그 때 조문홍이 위일청을 툭 쳤다.

위일청이 조문홍을 돌아봤다.

"응?"

"저놈이 어련히 알아서 할까. 잡소리는 그만하고 얼른 가자고."

조금은 조급해 보이는 조문홍의 얼굴.

흡사 선물을 앞에 둔 어린아이처럼 그의 눈동자가 기대로 가득 차 반짝거렸다.

위일청이 어이가 없다는 얼굴로 헛웃음을 터트렸다.

"허…… 자네는 뭐가 그리 신이 났는가? 저기에 뭐가 기다릴지도 모르는데."

"발악하는 꼴이 재밌잖아. 이런 건 참 오랜만이지 않아? 보통은 저항도 하지 않고 다 포기하던데."

조문홍은 진심으로 신이 나 보였다.

그리고 그 감정을 위일청 역시 어느 정도는 공감할 수 있었다.

경지에 오른 이후 자신들에게 맞서는 이들을 본 적이 없었기 때문이다.

"꽤 오랜만이긴 하군."

위일청이 옛일을 더듬으며 다시 생각에 잠기려는 듯하자 조문홍이 얼른 그의 소매를 잡아당겼다.

"얼른 가자고. 이러다 그놈들 다른 데 갈지도 모르니까."

산에 오른 지 제법 시간이 지났다.

누군가가 남긴 흔적이 제법 또렷해 길을 잃을 염려는 없다 생각했지만, 생각보다 그들을 따라잡는 시간이 길어지는 통에 위일청의 미간이 좁혀졌다.

"생각보다 멀리 간 것 같은데?"

"그렇지? 요놈들 생각보다 제법이라니까. 우리가 아직까지도 따라잡지 못하는 것을 보면."

그런 위일청과는 달리 조문홍은 오히려 점점 더 기대를 더해 가는 모습이었다.

장난기가 가득한 그의 얼굴을 보며 위일청이 한숨을 푹 내쉬었다.

'애를 키우는 것도 아니고⋯⋯.'

위일청이 조문홍을 못마땅하다는 눈초리로 쳐다보다가 가볍게 고개를 저었다.

일단은 일이 우선이었다.

위일청이 제 생각을 털어놨다.

"아무리 그래도 이건 좀 이상하지 않나?"

"응? 뭐가?"

"그놈들이 남긴 흔적을 보게. 우리가 제법 오랜 시간을 쫓았는데도 흐릿해지기는커녕 여전히 같은 모양이야. 의심스럽지 않나?"

이 정도 거리라면 흐려지든 더 짙어지든 무언가 변화가 있어야 했다.

자신들을 따돌리거나 유인하려는 목적을 달성하려면 무언가 변화를 줄 만한 거리라 생각한 것이다.

반면 눈앞에 남아 있는 흔적은 항상 일정한 모습을 갖추고 있었다.

그것이 못내 의심스러운 것이다.

그러나 조문홍은 여전히 알아듣지 못하고 있었다.

"의심?"

의아하다는 얼굴을 하고 있는 그의 모습에 위일청이 한 가지를 더 짚어 줬다.

"그리고 또 하나 있지. 우리가 지나온 길만 해도 벌써 백 리가 넘어. 그 정도 거리면 적어도 산 하나는 족히 넘어갈 거리지. 그런데 오르막도 없고 내리막도 없었네. 이게 가능한 일인가?"

말을 할수록 위일청은 점점 더 확신을 갖는 듯한 얼굴이었다.

그러나 조문홍은 여전히 의아하다는 얼굴로 고개를 갸웃거렸다.

"그러고 보니 그랬던 것 같기도 하고……."

조금 더 시간을 준다면 조문홍 역시 이상한 점을 알아보 겠지만 그럴 시간이 없었다.

위일청이 먼저 나섰다.

"아무래도 우리가 진법에 갇힌 것 같네."

"진법?"

"그래. 저들이 남긴 흔적을 유심히 보다 보니 어딘가 눈에 익은 것이더군. 좀 더 자세히 살펴봐야겠지만, 아무래도 같은 흔적이 계속 반복되고 있는 것 같네. 이런 일이 가능하려면 진법밖에 없지."

위일청의 말에 조문홍이 무언가를 알았다는 듯이 손뼉을 짝하고 쳤다.

"확실히!"

그러나 걱정보다는 이전보다 더 기대에 찬 듯한 눈동자였다.

"역시 제법이라니까. 잠시이기는 했지만 자네 눈을 속이기까지 하고. 이거 점점 더 기대가 되는데?"

여전히 걱정이라고는 눈곱만큼도 찾아볼 수 없는 조문홍이었다.

위일청이 고개를 절레절레 저으며 말했다.

"지금 그럴 때가 아니야. 이거 생각보다 위험할 수도 있네."

"위험하긴 무슨. 고작 꼬맹이들이 쳐 놓은 진법 따윌 가지고. 수틀리면 다 때려 부수면 되는 것 아닌가?"

"그렇긴 한데……."

진법에 갇히는 것은 문제가 되지 않는다.

조문홍의 말대로 그의 무지막지한 내력이라면 제아무리 강력한 진법이라도 때려 부수는 것이 불가능하지는 않았다.

그러나 위일청은 여전히 고민이 가득한 얼굴이었다.

"진법은 그렇다 쳐도 거기에 들이는 노력이 문제야. 시간이든 내력이든, 어느 것이 되었든 우리에게 유리할 것이 없어."

저들이 시간을 벌어 자신들과의 거리를 벌리거나, 자신들의 힘이 빠진 틈을 노릴 수도 있었다.

어느 쪽이든 그들의 입장에선 불리할 수밖에 없었다.

그러나 조문홍은 여전히 태평한 얼굴이었다.

"고작 꼬맹이들 따위로 긴장하기는. 너는 걱정 말고 지켜보기나 해. 내가 다 때려 부술 테니까."

조문홍이 당장이라도 손을 쓸 것처럼 소매를 걷어붙였다.

위일청이 얼른 손을 내저었다.

"아직은 아니야. 기다리게."

"응? 왜?"

"손을 쓰더라도 우리가 어디에 어떻게 갇혔는지는 알아봐야지. 그래야 어딜 때려 부숴야 할지 감이라도 잡을 수 있을 테니까."

"귀찮게…… 그거나 그거나. 그냥 다 때려 부수면 되는 거 아니야?"

"굳이 진법 따위에 필요 이상으로 힘을 뺄 이유는 없으니까. 일단은 살펴보고 결정하는 걸로 하지."

이번에는 위일청이 먼저 앞서 나갔다.

못마땅하다는 얼굴로 그의 뒷모습을 쳐다보던 조문홍은 곧 고개를 저으며 그의 뒤로 따라붙었다.

"같이 가."

산의 위에서 그들을 내려다보고 있던 모용기가 쩝하고 입맛을 다셨다.

"저 영감 성질머리면 다 때려 부수겠다고 난리 칠 줄 알았더니……."

그 점이 안타까운 것은 제갈연 역시 마찬가지였다.

"그러게요. 차라리 난동이라서 부려서 힘이라도 빠졌다면 좋았을 텐데……."

그랬다면 어떤 식으로든 자신들에게 유리하게 상황을 이

끌어 갈 수 있었을 것이다.

그러나 저들은 의외로 침착하게 움직이고 있었다.

"조금만 더 시간이 있었다면 좋았을 텐데……."

준비할 시간이 부족해 진법의 범위를 넓히지 못했다.

조금 더 진법을 크게 만들어 저들의 성질을 긁었어야만
했다.

그랬다면 자신의 의도대로 움직일 수 있었을 것이다.

그러지 못한 것이 못내 아쉬웠다.

그 때 모용기가 고개를 저으며 말했다.

"됐어. 지금은 이게 최선이라고. 그보다 저거 봉마진이랬
지? 그건 또 언제 배웠데? 만만한 게 아닐 텐데?"

회귀 전에 잠시나마 봉마진을 연구한 적이 있었다.

그때는 봉마곡 노인들의 시달림을 참지 못해 어떻게든
봉마곡을 빠져나가 볼 요량으로 진행했었다.

그러나 진법이 너무 복잡해서 어떻게 해 볼 엄두도 내지
못하고 시작도 하기 전에 포기했었다.

그것을 제갈연이 척척 구현해 내자 신기했던 것이다.

감탄이 담긴 모용기의 눈을 알아본 제갈연이 쑥스럽다는
듯이 웃으며 대꾸했다.

"예전에 집에서 매일 보던 책이 그런 것들이라서…… 그
리고 아직은 반도 알아내지 못했어요. 봉마진은 너무 복잡
해서……."

단순히 겸손을 보이는 것이 아니었다.

실제로 봉마진은 복잡하고 또 복잡했다.

어릴 적부터 진법에 관한 책을 다양하게 읽었던 제갈연으로서도 이제 겨우 겉핥기 수준이라 생각했다.

그러나 모용기는 고개를 저었다.

"그래도 이게 어디야? 다른 사람들은 이 정도 하려면 평생 봉마진에만 매달려야 할걸? 이것도 대단한 거야."

거듭되는 모용기의 칭찬에 제갈연의 얼굴이 붉어졌다.

여전히 쑥스러운 웃음을 보이며 잠시 모용기의 눈길을 피하던 제갈연은 어색한 상황을 피하고자 얼른 화제를 돌렸다.

"이제 어떻게 하죠? 예정대로 이동할까요?"

일단은 적의 발이 묶인 상황이다. 예정대로라면 이쯤에서 이동을 시작해서 적과의 거리를 벌려야 했다.

그러나 모용기는 잠시 턱을 쓰다듬으며 고민이 된다는 얼굴을 했다.

"흐음……"

"왜…… 혹시 떠오른 생각이라도……."

모용기가 자신의 눈치를 살피는 제갈연을 돌아봤다.

이제는 저것이 그녀의 천성이라는 것을 알고 있는 모용기였기에 더는 예전처럼 못마땅하다는 얼굴을 보이지 않으며 말했다.

"적이 너무 적어."

좀 더 많은 적을 봉마진에 묶어 뒀어야 했다.

그런데 가둔 것은 고작 조문홍과 위일청 단둘뿐이었다.

가장 위협적인 상대들이긴 했지만 그래도 부족한 것은 부족한 것이다.

이대로라면 다른 친구들이 위험할 것이다.

모용기가 말하고자 하는 바를 금세 알아들은 제갈연이 걱정이 깃든 얼굴로 모용기를 쳐다봤다.

"그럼 어쩌죠?"

모용기는 대답 대신 소매 속의 백 년 하수오를 만지작거렸다.

가급적이면 다시 하고 싶은 경험이 아니었지만 지금으로선 딱히 별다른 방도가 없었던 것이다.

'진짜 죽을지도 모르는데······.'

미미하게 얼굴을 찌푸리던 모용기가 후하고 한숨을 내쉬더니 다시 제갈연을 쳐다봤다.

"얼마나 시간을 벌 수 있지?"

"예?"

눈을 동그랗게 뜨던 제갈연은 얼른 정신을 차리며 모용기의 질문에 대꾸했다.

"열흘 정도?"

"봉마진을 보강하면서 버티면?"

"그럼…… 음…… 최대 보름 정도는……."

"그게 최소한으로 잡은 거지?"

모용기의 말에 제갈연이 말없이 고개를 끄덕였다.

그녀의 반응을 확인한 모용기가 봉마진을 헤매고 있는 낙류장의 두 마두에게로 시선을 돌렸다.

그리고는 저도 모르게 이를 갈았다.

'저것들은 예전에도 그러더니 볼 때마다 애먹이네. 제길. 누가 죽나 한번 해보자.'

참룡
회귀록

斬龍回歸錄

斬龍回歸錄

참룡
회귀록

79 章.

　　가끔씩 자신이 지나온 길을 힐끔거리며 뒤돌아보는 철소화.

　　패천성이 있는 하문으로 향하는 그녀의 얼굴에는 못내 미련이 남은 모습이었다.

　　임무일이 그녀의 곁으로 다가서며 어깨를 감쌌다.

　　"걱정 마. 그 녀석은 괜찮을 테니까."

　　"어? 무일이 오빠……."

　　"괜찮을 거야. 너도 잘 알겠지만 그 녀석이 어디 만만한 녀석이냐? 내력 좀 못 쓴다고 아무것도 못 할 정도로 멍청한 녀석은 아니잖아. 그게 아니었으면 그 경지에 오르지도 못했을 테고 죽어도 벌써 죽었을 거야."

"그렇긴 한데……."

"그러니까 걱정하지 마. 다시 만날 때는 또 멀쩡한……."

"아니, 아니. 그게 아니고……."

철소화가 임무일의 말을 끊으며 고개를 저었다.

임무일의 의아하다는 얼굴로 철소화를 쳐다봤다.

"그게 아니면 뭐 때문에 그러는데?"

임무일의 물음에 철소화가 조금은 찌푸려진 얼굴로 투덜 거리듯 말했다.

"맨날 연아 언니한테만 양보하니까 그렇지. 나도 남아서 도와줄 수 있는데……."

철소화의 말에 임무일이 픽 웃음을 보였다.

모용기가 유독 제갈연에게만 양보를 하는 것은 그 역시 도 잘 알고 있었기에, 철소화의 투덜거림이 이해가 갔기 때 문이다.

그렇다고 그녀의 말에 공감하는 것은 아니었다.

"그나마 연아는 도움이 되잖아. 무공도 강하고 머리도 좋 으니까."

"머리는 그렇다 쳐도 무공은 반쪽짜리 아냐? 나나 연아 언니나 그게 그거일 텐데……."

"어딜 봐서 그게 그거냐? 연아는 제 스스로 반쪽짜리 무 공을 만들어 버린 거고, 넌 지금이 한계인데. 누가 봐도 달 라."

"그래도 진짜 싸움에 들어가면 똑같은 거 아냐?"

"전혀 다르지. 넌 더 나가지 못하지만 연아는 제 스스로 정해 둔 선을 넘어서면 더 나아갈 수 있으니까. 그러면 정말 장난이 아닐걸? 나도 감당하기 힘들지도 몰라."

철소화는 그것까지 알아볼 눈은 없었다. 그러나 봉마곡에서 제 할아비인 유진산에게서도 들은 말이었다.

그 탓에 그것을 부정할 만한 말이 선뜻 떠오르지 않았다.

그러나 여전히 지기는 싫었는지 철소화가 다시 말을 꺼냈다.

"그 선을 넘을 수는 있고? 그게 어디 쉬운 일이야? 그랬으면 벌써 넘어서 무일이 오빠 막 패고 다녔어야지."

철소화가 눈을 가늘게 좁히며 임무일을 노려봤다.

심사가 불편하다는 것을 그대로 보여 주는 듯한 얼굴이었다.

임무일이 어깨를 들썩였다.

"그렇긴 하지. 그래도 이제 와서 어쩌겠어? 벌써 강소로 들어와 버렸는데. 다시 돌아가기엔 늦었고, 혹여 돌아간다 해도 그러다가 무슨 일이 생길지도 몰라. 일단은 패천성으로 복귀해서 그 다음을 준비하자고. 자꾸 늦장만 부리면 기아 놈이 오히려 더 위험해질 테니까. 다른 녀석들도 마찬가지고."

화제를 돌리는 임무일의 말에 철소화가 못마땅하다는 듯이 입술을 삐죽거렸다.

"왜 말을 돌리고……."

"여기서 시간 낭비할 생각 없거든. 한시가 급하다는 건 너도 알잖아? 이제 그만 움직이자."

임무일이 말을 마치자 그때를 기다렸다는 듯이 혁련강이 다가서며 철소화에게 등을 내밀었다.

"업혀."

"강이 오빠한테? 희진이 언니가 아니고?"

철소화가 제 옆의 조희진을 힐끔거리자 조희진이 앞으로 나서며 혁련강을 막아섰다.

"소화는 내가 업을게."

혁련강이 고개를 저었다.

"계속 쌓이다 보면 너도 지친다. 소화는 당분간 내가 업을 테니까 넌 체력 회복부터 해."

"하지만……."

조희진이 다시 한 번 거절의 의사를 표시하려 했다.

그 때 철소화가 냉큼 혁련강의 등에 매달리더니 조희진을 쳐다보며 말했다.

"이번에는 강이 오빠한테 신세 좀 질게."

"소화야……."

"어쩌면 이게 더 힘들지도 모를걸? 그놈들이 또 나타나면 언니가 싸워야 할 테니까."

그리고는 장난스런 얼굴을 하며 말을 다루듯 다리로

혁련강의 옆구리를 툭 건드렸다.

"뭐 해? 얼른 가자."

혁련강이 끙하고 앓는 소리를 냈다.

그러나 곧 고개를 절레절레 저으며 앞으로 나아가려 할 때, 임무일의 팔이 불쑥 내밀어지며 혁련강의 앞을 막아섰다.

철소화가 혁련강보다 먼저 반응하며 임무일을 쳐다봤다.

"왜?"

"놈들이다."

"뭐?"

철소화가 당황한 얼굴을 했다.

혁련강이 한숨을 푹 내쉬며 말했다.

"말이 씨가 된다고……."

진짜로 조희진이 나서야 할 상황이 온 것이다.

혁련강이 조희진을 힐끔거릴 때, 조희진은 어느새 딱딱한 얼굴로 임무일을 쳐다보고 있었다.

"이제 어쩌지?"

"열린 공간에서는 위험해. 조금이라도 우리를 가려 줄 곳을 찾아야겠는데……."

임무일이 주위를 휘휘 둘러봤다.

아직 겨울이 덜 지난 탓에 자신들을 가려 줄 만한 수풀은 보이지 않았다.

그나마 나지막한 동산 정도가 전부였다.

"일단 산을 타고 움직이자. 좀 험한 지형이 나왔으면 좋겠다만……."

임무일이 일행을 돌아보지도 않고 먼저 몸을 날렸다.

그리고 그 뒤를 나머지 일행이 빠르게 따라붙었다.

그들이 완전히 모습을 감추고 조금 시간이 지나자 잔영의 수하들처럼 온몸을 흑의로 감싼 이십여 개의 인영이 모습을 드러냈다.

그중에서 한 인영이 앞으로 나서며 임무일 등이 향한 방향을 쳐다보며 중얼거리듯 말했다.

"감이 좋네. 궁에서 그 난리를 치길래 왜 그런가 했더니……."

그리고 나머지 흑의 인영들 중 네 개의 인영이 그의 옆으로 다가서더니 그중 하나가 목소리를 냈다.

"이제 어쩌지?"

"어쩌긴? 잡아야지."

"하지만 산으로 숨어들어서 쉽지 않겠는데?"

"산을 포위하듯 감싸면 되잖나?"

"고작 스물로? 그건 쉽지 않다고."

"그거야 야전에서 닳아빠진 놈들을 상대할 때나 그런 거고. 제 놈들이 경험이 많아 봐야 얼마나 많겠나? 이동 경로를 예측하는 건 어렵지 않지."

그의 말에 나머지 세 개의 인영들이 고개를 끄덕였다.

그러나 그에게 질문을 했던 인영은 여전히 혹의 사이로 드러난 눈을 찌푸린 채 말을 이었다.

"그래도 혹시라는 게 있잖나? 저들이 다른 길로 가면?"

"그래 봤자지. 우리 역시 세 패로 쪼개질 테니까. 그 정도면 만에 하나를 대비하기에 충분하지."

어느 정도는 납득이 되는 말이었다. 그러나 아직은 질문이 남아 있었다.

"무작정 쉽게 볼 만한 실력들은 아닌 것 같던데…… 어떻게 나누자는 거지?"

그러나 먼저 말을 꺼냈던 인영은 이미 생각해 둔 바가 있는지 거침없이 말을 쏟아 냈다.

"나와 칠십육호가 함께 움직이고 사호와 십구호가 함께 움직인다."

그리고 마지막 남은 이를 쳐다보며 말했다.

"천호는…… 혼자로도 괜찮겠지?"

드러난 두 눈에 조롱의 기색이 노골적으로 담겨 있었다.

그러나 천호는 그의 도발에 말려들지 않고 고개를 끄덕였다.

"그렇게 하지. 그럼 난 먼저 움직이도록 하겠다."

천호가 저를 따르는 세 개의 검은 인영을 이끌고 먼저 자리에서 벗어났다.

대화를 이끌어 가던 인영은 못마땅하다는 눈빛을 감추지 않은 채 그 뒷모습을 바라봤다.

　사호라고 불린 검은 인영이 그에게 다가서며 조심스레 말했다.

　"그런데 일호. 저 녀석 괜찮을까?"

　"왜? 걱정이라도 되나?"

　"그게 아니라, 혹여 저 녀석이 뚫려서 실패라도 하면 우리도 같이 덮어써야 하니까."

　그러나 일호라고 불린 이는 전혀 걱정하는 기색이 아니었다.

　"차라리 그랬으면 좋겠군. 죽어 버리면 더 좋고. 어차피 그놈들이 어디로 움직일지는 어렵지 않게 예측이 되니까. 아니지, 차라리 이 기회에 천호 놈을 그놈들에게 던져 줘 버릴까?"

　일호가 재밌다는 눈을 한 채 중얼거리듯 말했다.

　그러나 이번에는 누구 하나 동의하는 이가 없었다.

　천호가 싫은 것은 모두가 마찬가지였지만, 일호가 너무 앞서 나갔다 생각한 것이다.

　그들의 기류를 알아보지 못할 리가 없었던 일호가 어깨를 들썩였다.

　"말만 그렇게 한 거야, 말만. 아무리 싫어도 무작정 죽으라고 던져 줄 수는 없는 법이니까. 일단은 임무가 먼저라는 것을 똑똑히 알고 있으니까 그런 눈들 할 필요는 없어."

그제야 나머지 세 인영의 눈빛들이 누그러들었다.

그것을 확인한 일호가 고개를 끄덕이며 말했다.

"우리도 이제 움직이지. 길게 끌면 피곤한 건 피차 마찬가지니까 여기서 확실하게 처리하자고."

다른 이들의 대꾸도 듣지 않은 채 일호가 먼저 휙 몸을 날렸다.

그리고 그 뒤를 열여섯 개의 검은 인영들이 줄지어 따라붙었다.

정주형은 이동을 하는 와중에도 간혹 한 번씩 손가락을 튕겨 냈다.

피슉 소리가 들리더니 바닥에 가느다란 무언가가 박혀들며 희미하게 반짝였다.

빛을 받지 않으면 알아보기 어려울 정도로 가느다란 세침이었다.

상황이 상황이니만큼 아낌없이 쏟아붓고 있었지만 제 손에 들린 세침이 하나씩 줄어들 때마다 정주형은 아까워 죽겠다는 얼굴을 했다.

"젠장. 당가의 세침은 구하기 어려운데……"

육안으로는 구분하기 어려울 정도로 가는 데다가 두께를 무시하고 의외로 꼿꼿함을 유지하고 있어서 기상천외한 암기들이 가득한 강호에서도 최고 수준의 암기로 이름을 떨치고 있는 것이 바로 당가의 세침.

그만큼 자신들의 세침을 엄격하게 관리해서 구하기는 거의 불가능에 가까웠기에 어지간한 이들은 죽기 전에 구경하는 것조차 어려울 정도였다.

그 때문에 봉마곡을 나설 때 당명에게 선물로 받은 것을 애지중지하며 여태껏 지니고 있었는데, 그것을 길바닥에 버리고 다녀야 한다는 현실에 눈물이 날 정도였다.

정주형과 보조를 맞추던 안은희가 그의 어깨를 툭 치며 말했다.

"뭘 그렇게 아까워 해? 나중에 소문이한테 좀 더 달라고 하면 되지."

"걔 죽일 일 있냐? 걔가 나한테 세침 줬다가는 당가 전체가 나서서 소가주고 뭐고 잡아먹으려고 들 텐데?"

"뭔 소리야? 겨우 침 쪼가리 몇 개 가지고 당가가 걔를 왜?"

"겨우 침 쪼가리라니! 당가 세침에 힘 한번 못 써 보고 죽어 나간 이가 얼마나 많은데. 모르긴 몰라도 세 자리? 네 자리? 그 정도는 우습게 넘어갈걸? 근데 이게 겨우 침 쪼가리라고? 모르면 말을 말아. 독왕 정도나 되니까 이런 기물을 척척 던져 주는 거지, 소문이가 이걸 어떻게 해? 진짜 죽으려고."

정주형이 기함을 토하듯 열변을 했다.

안은희가 얼굴을 찌푸렸다.

"그렇게 아까우면 던지지 말고 계속 들고 있으면 될 거 아냐? 그거 땅바닥에 박아 봐야 몇 잡지도 못 할 것 같은데……."

"나라고 이 짓 하고 싶어서 하는 줄 알아? 우리가 이쪽으로 가고 있다 소문내고 있는 거잖아. 그래야 놈들이 소화 쪽으로 덜 붙을 테니까. 그리고 그 몇이 문제라는 거 몰라서 그래? 몇 놈만 줄어들어도 우리가 빠져나갈 확률이 확연히 높아진다는 거."

"그럼 투덜거리지를 말든가. 어차피 들고 가지도 못하고 길바닥에 버려야 할 거 뭘 그렇게 투덜거려? 괜히 정신 사납게."

안은희가 눈을 흘기자 정주형이 끙하고 앓는 소리를 내더니 입을 다물었다.

그러나 그마저도 오래가지 못하고 하나씩 세침을 박아 넣을 때마다 또다시 칭얼거리기 시작하는 정주형이었다.

"아 씨…… 진짜 아까운데……."

안은희는 더 할 말도 없는지 못 말리겠다는 얼굴로 고개를 절레절레 젓기만 했다.

그 때 앞서 나가던 고민우가 천천히 속도를 줄이더니 한 순간 제자리에 멈춰 섰다.

안은희가 의아하다는 얼굴로 고민우를 쳐다봤다.

"왜?"

"아무래도 하루는 쉬는 게 좋겠다. 벌써 3일 밤낮을 가리지 않고 내리 달렸어. 무리해서 움직이다가 몸 상태가 엉망이 되었을 때 저들을 마주하면 반항다운 반항도 해 보지 못하고 꼬꾸라질 수도 있어."

고민우의 말에 안은희가 납득을 한 얼굴이었다.

안은희가 주위를 휘휘 둘러봤다.

"딱히 쉴 만한 곳도 안 보이고…… 노숙이야?"

"어쩔 수 없지."

"불도 못 피우고…… 차라리 움직이는 게 덜 추울 텐데……."

안은희가 저도 모르게 얼굴을 찌푸렸다.

그러나 고민우는 그녀의 말을 들은 체도 하지 않고 빠르게 움직이며 쉴 자리를 찾기 시작했다.

안은희가 한숨을 푹 내쉬었다.

"왜 이렇게 꼬이냐?"

그 순간 검은 인영 하나가 그 자리에서 불쑥 솟구쳐 오르듯 모습을 드러냈다.

"겨우 그 정도로? 이제부터 진짜 꼬이는 게 아니고?"

"엇!"

안은희가 화들짝 놀라며 물러섰다.

정주형과 고민우가 재빨리 안은희의 곁으로 다가섰다.

"누, 누구…… 어?"

"당신은?"

눈을 동그랗게 뜨는 그들을 향해 월향이 매혹적인 웃음을 머금으며 목소리를 냈다.

"우리 오랜만이지?"

일부러 흔적을 남기긴 했지만 생각보다 빨리 따라잡혔다.

정주형이 난감하다는 얼굴로 고민우를 쳐다봤다.

그러나 해답을 찾기가 어려운 것은 고민우 역시 마찬가지였다.

당황한 얼굴을 하고 있는 그들을 대신해 앞으로 나선 것은 안은희였다.

안은희가 제 검을 뽑아 월향을 겨누며 말했다.

"다 죽어 가는 할망구가 걸음은 무지 빠르네? 그러다 뒷목 잡고 쓰러질지도 모르는데 조심 좀 하지."

월향이 와락 얼굴을 구겼다.

"이 쥐방울만 한 년이 못하는 말이 없구나!"

"이렇게 큰 쥐방울을 봤어? 봤으면 데려…… 아니지. 할망구가 제대로 봤구나. 쥐방울은 매끈매끈하니까. 탱탱하기도 하고."

안은희의 말에 월향의 얼굴이 점점 더 일그러져 갔다.

그녀와 눈을 맞추고 있던 안은희가 호들갑을 떨며 말했다.

"할매, 주름! 주름 더 깊어진다니까. 이제 펴지지도 않아."

"이 씹어 먹을 년이! 죽어!"

순간 월향의 신형이 스르륵 흩어지는가 싶더니 안은희의 눈앞에서 불쑥 모습을 드러냈다.

눈으로 따라가기가 어려운 움직임이었지만 안은희는 전혀 당황한 얼굴이 아니었다.

오히려 기다렸다는 듯이 제 검을 치켜세우는 안은희였다.

어느새 고개를 쳐든 새파란 검기가 혓바닥을 날름거리는 듯하자 월향이 급하게 몸을 틀었다.

"헛!"

한 박자 늦은 탓인지 월향의 소맷자락이 서걱하고 떨어져 나갔다.

월향이 떨어져 나간 제 소맷자락을 물끄러미 쳐다봤다.

안은희가 이번에도 호들갑을 떨며 그녀의 시선을 끌었다.

"어머, 어머. 이걸 어쩨? 고목나무도 아니고 쩍쩍 갈라져서. 그렇게 관리 좀 하지."

그러나 월향은 더는 동요하지 않는 기색이었다.

"나이답지 않게 영악하구나."

"웅? 뭔 소리야? 난 그냥 내가 본 대로 말하는 건데?"

안은희가 순진한 얼굴로 대꾸했다.

그러나 월향은 더는 표정 변화가 없었다.

대신 제 허리를 감고 있던 검을 뽑아 들었다.

월향의 연검이 물결치듯 찰랑거리며 모습을 드러냈다.

안은희가 얼굴을 찡그렸다.

"안 통하네."

"그러기에는 너무 속이 보이지 않니?"

목소리는 부드럽지만 얼굴은 여전히 감정이 없어 보였다.

월향의 의사가 확실하게 전해졌다.

안은희가 아쉽다는 얼굴로 쩝하고 입맛을 다실 때 월향이 다시금 말을 이었다.

"지금 항복하면 죽이지는 않으마."

"죽이지는? 어째 어감이 이상한데?"

"이상할 것 없다. 네 생각대로니까. 네가 말한 고목나무처럼 온몸을 쩍쩍 그어 놓을 테지만 죽이지는 않겠다."

월향이 혓바닥으로 입술을 핥았다.

어딘가 모르게 관능적인 모습이었지만 안은희는 오히려 섬뜩함을 느꼈다.

안은희의 검이 저도 모르게 움찔하며 움츠려들려는 찰나, 쉭하는 소리와 동시에 월향이 검을 휘둘렀다.

어느새 꼿꼿이 고개를 쳐든 월향의 연검이 땅하는 소리와 함께 무언가를 튕겨 냈다.

월향이 자신을 향해 손가락을 뻗고 있는 정주형을 쳐다보며 희미하게 미소를 보였다.

"왜? 누나가 관심을 안 주니까 섭섭했니?"

"이 할망구가 미쳤나? 누가 누나야? 양심도 없이."

안은희와는 달리 진심을 전하는 정주형이었다.

그리고 그러한 것을 고스란히 느낀 월향이 미미하게 얼굴을 찌푸렸다.

그러나 그것도 잠시, 월향이 다시금 부드러운 미소를 보이며 정주형에게 말했다.

"너도 살려만 주겠다."

"뭐래? 미친 할망구가. 우리가 그렇게 만만해 보여? 다 죽어 가는 할망구 혼자 감당할 수 있을 정도로? 할망구하고는 비교도 안 되는 고수들한테 맨날 두들겨 맞으면서도 아직까지도 살아남았거든? 근데 할망구 혼자? 나 참, 기가 차서 진짜."

정주형이 어처구니가 없다는 눈으로 월향을 쳐다봤다.

고민우 역시 제 검을 뽑아 들며 월향을 노려봤다.

그리고 자신의 좌우로 늘어선 두 친구를 확인한 안은희

역시 안정이 되는지 다시금 검 끝을 꼿꼿이 치켜세웠다.

자신에게 모여진 세 쌍의 눈동자를 하나하나 둘러보던 월향이 한순간 웃음을 보였다.

"누가 나 혼자라고 했니?"

그러나 곱게 휘어지는 것은 셋의 눈매 역시 마찬가지였다.

원하는 반응이 나오지 않자 월향이 고개를 갸웃거렸다.

"왜 그렇게 웃는 거지?"

이번에는 고민우가 먼저 나서며 고개를 까딱거렸다.

"저기 쥐새끼처럼 다가오는 떨거지들 말하는 것 아닙니까? 우리가 그 정도도 알아보지 못할 거라 생각했습니까?"

고민우의 말에 오히려 월향의 얼굴이 딱딱하게 굳어졌다.

"어떻게 알았지?"

월향의 질문에 고민우는 가볍게 어깨를 들썩일 뿐이었다.

대신 정주형이 히죽 웃으며 답했다.

"말했잖아. 할망구보다 더한 고수들한테 두들겨 맞으면서 컸다고. 이 정도야 뭐."

별것 아니라는 투로 말하는 정주형을 물끄러미 쳐다보던 월향이 고개를 끄덕였다.

"음양이로를 잡았다고 해서 이상하다 생각했더니 그게 아니었군. 역시 다른 이들을 데리고 오기를 잘했어."

그러는 사이 온몸이 흑의로 둘러진 검은 인영이 하나둘씩 모습을 드러냈다.

얼핏 봐도 열은 족히 넘어가는 숫자였다.

월향이 여유를 회복한 얼굴로 정주형 등을 쳐다봤다.

"너희들이 실수한 것 같지 않니? 저들의 기척을 느꼈을 때라도 바로 도망쳤다면 일말의 희망이라도 있었을 텐데."

이제는 전력의 우열이 확연하게 드러나기 때문에 하는 말이었다.

제법이라는 생각이 들긴 했지만 그것도 셋이 함께였을 때나 통하는 말이었다.

셋 중 하나라도 발이 묶이면 크게 두렵지 않을 터였다.

그러나 세 사람은 전혀 움츠러드는 기색이 없었다.

특히 정주형은 오히려 웃음기가 감도는 얼굴이었다.

월향이 고개를 갸웃거렸다.

"왜 그렇게 웃지?"

"몰라서 물어? 다 이유가 있으니까 그렇지. 내가 미쳤다고 실없이 웃을까?"

원하는 답을 쉽게 들려주지 않는 정주형을 쳐다보며 월향이 얼굴을 찡그렸다.

그러나 원하는 답을 얻는 것은 그리 어려운 일이 아니었다.

월향이 손가락으로 정주형 등을 가리키는 순간.

"윽……."

따끔한 통증이 그녀의 심장어름을 스치고 지나갔다.

그리고 그것은 월향만이 아니었다.

흑의 인영들 역시 여기저기서 움찔거리며 신음을 흘렸다.

월향이 당황한 얼굴을 했다.

"이게 대체……."

그 때, 소맷자락에 감춰져 있던 정주형의 손이 드디어 모습을 드러냈다.

정주형의 양손에 쥐여진 텅 빈 주머니들이 나풀거리며 시선을 잡아끌었다.

"뭐긴 뭐야? 독이지. 이거 소리 없이 푸느라고 힘들었다고."

"네놈!"

월향이 이를 빠득 갈며 씹어 먹을 듯한 눈으로 정주형을 노려봤다.

정주형이 어깨를 들썩였다.

"흥분하지 않는 게 좋을걸? 그거 생각보다 빨리 돈다고. 아무리 할망구가 내력이 높아도 중독된 상태로 함부로 움직이면 장담할 수 없을걸? 나라면 당장이라도 자리에 주저앉아서 운기하는 데 집중할 거야."

정주형의 말에 월향의 눈동자가 어지럽게 흔들렸다.

그 때 사방에서 큭하는 소리는 신음성들이 터져 나왔다.

내력이 낮은 수하들이 독 기운을 버텨 내지 못하는 것이다.

그러나 그것은 안은희와 고민우 역시 마찬가지였다.

흑의 인영들처럼 신음을 흘리거나 하지는 않았지만 두 사람의 얼굴 역시 새파랗게 질려 있었다.

월향이 정주형을 노려보며 말했다.

"독한 놈이로구나."

"그거야 당연하지. 독하지 않았으면 내가 무슨 수로 독공을 익혀? 매일매일이 지옥인데."

"그렇다고 제 동료들까지……."

"아, 얘네?"

정주형이 품속에서 검은 단환 두 개를 꺼내 들었다.

월향의 시선이 검은 단환으로 집중되는 것을 확인한 정주형이 히죽 웃음을 보이더니 고민우와 안은희에게 하나씩 나눠 줬다.

"먹어."

고민우와 안은희는 별다른 생각 없이 그것을 입안으로 털어 넣었다.

그 모습을 유심히 쳐다보던 월향이 정주형을 노려보며 말했다.

"네놈을 잡으면 된다는 거로군."

"왜? 해보게? 정 그렇다면 말리지는 않겠지만 한 가지는 알아 두고 그러는 게 좋을걸?"

"알아 둬? 무엇을?"

"다목괴 알아? 그거 다목괴 잡아서 뽑아낸 독이거든. 시간 지나면 뭘 해도 안 듣는다고."

다목괴란 말에 월향의 얼굴이 딱딱하게 굳어졌다.

다목괴는 묘강에서 서식하는, 독에 중독된 후 일정 시간이 지나면 무엇을 해도 해독할 수 없는 맹독을 지닌 지네를 말하는 것이었다.

월향이 알아들은 듯하자 정주형이 손을 흔들었다.

"그럼 잘해 봐. 우린 그만 가 볼 테니까. 가자."

정주형이 안은희와 고민우를 이끌었다.

안은희가 정주형을 무시무시한 눈으로 노려보고 있는 월향을 힐끔거리며 말했다.

"저렇게 내버려 두고 가도 될까? 후환이 있을 것 같은데……."

"어쩔 수 없잖아. 저 할망구가 작정하고 덤비면 누구 하나는 분명 상한다고. 아니, 어쩌면 셋 다."

싸우자면 못할 것도 없지만 분명 누군가 하나 정도는 상할 것 같았다.

해약을 먹었다곤 하지만 고민우와 안은희가 몸 상태를 회복하려면 제법 시간이 걸리기 때문이다.

그것은 정주형이 원하는 바가 아니었다.

고민우 역시 고개를 끄덕이며 정주형의 말에 동의했다.

"일단 벗어나고 보자. 저 할망구는 나중에 기회가 있겠지."

개봉으로 향하며 쉴 새 없이 달리던 운현이 문득 천영영을 힐끔 쳐다봤다.

용케 뒤처지지 않고는 있었지만 슬슬 한계에 달한 것이 눈에 보이기 시작했다.

경공이라면 누구에게도 뒤처지지 않는다 자부하는 자신과 보조를 맞추려 힘을 쥐어짜 낸 탓이다.

'한 나흘 정도 달렸나?'

밤낮을 가리지 않고 달린 탓에 피로감이 더했을 것이다.

잠깐씩 쉬는 시간을 가지며 먹을 것과 잠을 해결하긴 했지만 그조차도 일각을 넘지 않는 시간이었다.

아직 여력이 남은 자신과는 달리 천영영은 뼈 마디마디가 비명을 지르고 있을 터였다.

운현이 고개를 끄덕이며 걸음을 멈췄다.

운현의 갑작스런 움직임을 따라가지 못하고 조금 더 뛰어 나갔던 천영영이 신형을 멈추고 뒤를 돌아봤다.

"왜?"

평상시와 같은 말투였지만 목소리에 생기가 깃들어 있지 않았다.

눈동자가 역시 충혈되어 붉은 기운이 맴돌고 있었다.

운현이 어깨를 들썩이며 말했다.

"더는 무리 같아. 좀 쉬다가 가자고."

운현의 말에 천영영이 얼굴을 찌푸리며 대꾸했다.

"누가 그래? 무리라고? 난 괜찮으니까 걱정 말고 움직이기나 해."

"너 말고 나. 이젠 무리라고. 죽겠다고 진짜. 이러다가 개봉에 도착하기도 전에 쓰러지겠다. 그러니까 조금만 쉬었다 가자."

운현이 하소연하듯이 과장스런 목소리를 냈다.

그러나 천영영은 그렇지 않다는 것을 잘 안다.

쩍쩍 갈라지는 자신의 목소리와 달리 운현의 목소리에는 생기가 남아 있었다.

자신을 생각해 주는 마음이 기껍기도 했지만 천영영은 다시 고개를 저었다.

"그래도 안 돼. 쓰러져도 개봉에 가서 쓰러져."

"싫다니까. 나 죽겠다고 진짜. 한 걸음도 더 못 걷겠으니까 일단 좀 쉬자고."

"하지만……."

"아 몰라. 난 좀 쉬다 갈 테니까 너 먼저 가든가 알아서 해."

운현이 휙 신형을 돌리더니 근처의 큰 나무 아래로 가서 바닥에 엉덩이를 붙였다.

나무에 기대 늘어진 운현을 쳐다보며 얼굴을 찌푸리던 천영영이 곧 한숨을 쉬며 운현에게로 다가가더니 그 옆에 쪼그려 앉았다.

천영영이 조그마한 목소리로 말했다.

"고마워."

"뭐가?"

"그…… 나 생각해 줘서……."

"누가 널 생각해? 나 살자고 하는 짓인데. 더 달리다가는 진짜 죽겠다니까. 일단은 좀 쉬고……."

그 때 나무 위에서 무언가 툭 떨어져 내렸다.

운현과 천영영이 동시에 반응하며 검을 뗠쳐 냈다.

"누구…… 어?"

"어머!"

운현과 천영영의 검이 상대의 손에 단단히 틀어박혔다.

당황하는 그들을 보며 노도진이 히죽 웃음을 보이며 말했다.

"그럴 필요 없다. 이 자리에서 죽으면 되니까."

나른해 보이는 눈초리였지만 오히려 그것이 더 위험해 보였다.

천영영과 운현이 본능적으로 검을 빼려 했다.

그러나 두 개의 검은 노도진의 네 개의 손가락에 단단히 틀어박힌 채 조금도 움직일 기미를 보이지 않았다.

"이익!"

"이거 안 놔?"

순간 힘을 쓴 탓인지 이제껏 쉬지 않고 달려서인지 운현과 천영영의 얼굴은 빨갛게 달아 있었다.

그들을 유심히 쳐다보고 있던 노도진이 재미있다는 얼굴을 했다.

노도진이 무언가 말을 꺼내려는 순간 쉭하고 바람을 가르는 소리가 들리더니 퍽하는 타격음이 터져 나왔다.

천영영이 노도진을 후려친 것이다.

그러나 오히려 얼굴을 찌푸린 것은 천영영이었다.

"으윽……"

천영영이 오른발에 통증을 느끼며 비틀거렸다.

노도진은 미동도 하지 않고 있다가 천영영이 후려친 제 허리를 내려다봤다.

"여자라서 그런가? 발길질도 말랑말랑해."

"이익!"

천영영이 통증도 잊은 채 발끈한 얼굴을 했다.

그러나 순간 멀어지는 노도진의 얼굴에 천영영이 허우적거리며 당황한 얼굴을 했다.

"뭐, 뭐야?"

"뭐긴 뭐야? 튀자!"

"무슨!"

"그럼 어쩌자고? 기아 놈이랑 맞붙는 놈인데 우리 둘이 무슨 수로 저 괴물을 이겨? 일단 튀자."

"하지만 검은……."

"지금 검이 대수야? 일단 살고 봐야…… 헛!"

그 순간 노도진과 천영영, 운현 사이의 공간에 두 개의 선이 쭉 그어졌다.

섬뜩함을 느낀 운현이 본능적으로 내력을 아래로 이끌었다.

천근추의 수법으로 뚝 떨어져 내리는 천영영과 운현의 머리 위로 두 개의 검이 획하고 스쳐 지나갔다.

퍽! 퍽!

나무에 검신의 끝자락까지 틀어박힌 자신들의 검을 확인한 운현이 입을 쩍 벌렸다.

"미, 미친!"

"말도 안 돼!"

천영영 역시 운현과 비슷한 반응을 보였다.

검기를 썼다면 어렵지 않은 일이지만 눈으로 봐서는 그런 기미를 찾아볼 수 없었기 때문이다.

운현이 두 눈을 동그랗게 뜬 채 입을 병긋거렸다.

"히, 힘으로만 이런 짓을 한다고?"

"서, 설마…… 내력을 썼겠지."

천영영이 더듬거리며 고개를 저었다.

그 순간 희끄무레한 물체가 둘 앞에 불쑥 모습을 드러내더니 순식간에 선명한 형태를 갖추었다.

노도진이 희미하게 웃음을 머금은 얼굴로 말했다.

"어렸을 때나 술래잡기가 재밌지 지금은 그렇지 않다고. 쉽게 쉽게 가자. 너희들도 불가능하다는 것은 잘 알 텐데?"

그러나 그것은 오히려 둘에게 확신만 더해 주는 것이었다.

천영영과 운현이 슬쩍 눈을 맞추더니 동시에 몸을 날렸다.

가벼운 먼지가 일어나며 혹 몰아치자 노도진이 얼굴을 찌푸리며 투덜거렸다.

"쉽게 가자니까."

천영영과 운현은 닷새를 쉬지 않고 움직였다.

입안이 꺼끌꺼끌한 느낌에 침을 삼킬 때마다 쓴맛이 났다.

그러나 그 정도는 얼마든지 참아 낼 수 있었다.

그보다는 여전히 노도진을 떨쳐 내지 못하고 있다는 더 심각한 문제가 뒤따르고 있었기 때문이다.

노도진은 둘을 뒤따르며 계속 일정한 거리를 유지하는 모습이었다.

틈이 날 때마다 힐끔거리며 뒤를 돌아보던 천영영으로서는 피가 바짝바짝 마르는 느낌이 들 수밖에 없었다.

천영영이 빨갛게 충혈된 눈으로 운현을 쳐다보며 말했다.

"이제 어쩌지?"

운현이 쩍쩍 갈라진 입술을 혀로 슥 핥더니 원론적인 말을 꺼냈다.

"이제 다 왔어. 조금만 더 가면……."

개봉까지 남은 거리는 이제 겨우 이틀가량.

운현의 말대로 조금만 더 가면 노도진의 손에서 벗어날 수가 있었다.

그러나 말을 하는 운현이나 그것을 듣고 있는 천영영의 얼굴은 좀체 나아지지 않았다.

노도진이 마음만 먹으면 언제라도 자신들을 낚아챌 수 있다는 것을 잘 알고 있었기 때문이다.

그러한 두 사람의 생각을 증명이라도 하겠다는 듯이 노도진이 둘 앞에 불쑥 모습을 드러냈다.

"엇!"

"너 이 자식!"

운현과 천영영이 급하게 걸음을 멈추며 노도진을 쳐다봤다.

둘의 시선을 동시에 받은 노도진이 하품을 하며 목소리를 냈다.

"이제 슬슬 지겨워지는데 그만하지?"

"누구 마음대로? 우리는 하나도 안 지겹거든!"

운현은 여전히 기가 죽지 않은 눈초리였다.

그런 운현을 걱정이 가득한 눈으로 쳐다보는 천영영.

그녀에게 힐끔 시선을 던진 노도진이 웃음을 머금은 얼굴로 말했다.

"죽이진 않을 테니까 그런 얼굴은 하지 말고. 그냥 나 따라와서 좀 쉬어. 위에서 얘기만 잘되면 금방 풀려날 테니까."

"그러니까 누구 마음대로! 난 그럴 생각이 조금도 없다고!"

운현이 바락바락 악을 썼다.

그러나 노도진에게는 조금의 위협도 되지 못했다.

노도진이 픽 웃음을 보이더니 딱하고 손가락을 튕겨 냈다.

그 순간 운현의 왼쪽 어깨에서 팟하고 핏물이 튀어 올랐다.

"악!"

여력을 감당하지 못한 운현이 뒤로 튕겨져 나가더니 그대로 바닥에 처박혔다.

천영영이 뾰족한 목소리를 내며 운현에게 달려들었다.

"운현아!"

재빨리 운현을 감싸 안은 천영영이 어깨의 상처를 살폈다.

동그란 구멍 자국에서 핏물이 몽글몽글 흘러나왔다.

"이걸 어째?"

운현의 상처를 확인한 천영영이 안절부절못하는 얼굴을 했다.

그러나 운현은 빠드득 이를 갈더니 천영영을 밀쳐냈다.

"저리 비켜."

"어? 하지만……."

"됐어. 괜찮으니까 저리 비켜."

"괜찮긴 뭐가 괜찮아? 피가 계속……."

"괜찮다니까!"

운현이 신경질적인 목소리로 천영영을 떨쳐 내더니 비틀거리며 자리에서 일어섰다.

노도진이 흥미가 생긴 듯한 눈으로 운현을 쳐다봤다.

"이건 좀 재밌을지도 모르겠네."

"난 하나도 재미없거든?"

어깨의 통증이 상당할 터인데도 여전히 독기를 뿜어내는 운현이었다.

노도진이 픽 웃음을 보이며 말했다.

"그럼 날 따라오든가."

"그것도 싫다니까."

"이것도 싫고 저것도 싫으면 어쩌라는 거지?"

"어쩌긴 뭘 어째? 그냥 보내 주면 되는 거지."

"그건 안 되겠는데? 나도 입장이라는 게 있어서. 그러지 말고 그냥 따라오지?"

"싫어! 싫다고! 싫다고 이 개자식아!"

순간 운현이 몸을 날렸다.

쭉 선이 그어지듯 눈으로 따라가기 어려울 정도의 폭발적인 움직임이었다.

그러나 노도진은 가볍게 한 걸음 비켜설 뿐이었다.

그리고 나머지는 한쪽 발을 내미는 것으로 충분했다.

이내 무언가 턱 걸리는 느낌이 들기가 무섭게 퍽하는 소리가 요란하게 울려 퍼지며 운현이 또다시 바닥을 굴렀다.

"악!"

형편없는 몰골로 바닥을 구른 운현이 저도 모르게 욕설을 내뱉었다.

"젠장!"

그리고는 몸을 일으키려 무심코 손으로 바닥을 짚자 어깨의 상처에서 격렬한 통증이 밀려왔다.

"으윽!"

"운현아!"

천영영이 날듯이 운현에게 달려들었다.

그러나 이번에도 천영영을 밀쳐내는 운현이었다.

"비켜."

"하지만……."

"나 좀 내버려 두라고!"

운현이 버럭 소리를 지르더니 또다시 자리에서 일어서서 노도진과 대치했다.

서운한 얼굴로 운현의 뒷모습을 쳐다보던 천영영이 한순간 입술을 꼭 깨물더니 운현의 앞을 막아섰다.

운현이 자신의 앞을 막아선 천영영의 등을 쳐다보며 당황한 얼굴로 질문했다.

"뭐, 뭐야? 뭐 하자는 거야?"

천영영이 뒤도 돌아보지 않은 채 운현의 물음에 대꾸했다.

"너 가. 네가 가서 다른 사람들한테 알려."

"뭔 소리야? 그걸 지금 말이라고……."

"네가 더 빠르잖아. 여력도 더 남았고. 그러니까 네가 가. 저 사람은 내가 어떻게든 붙잡아 볼 테니까."

"그러니까 내가 왜……."

"가라고! 가라잖아! 좀 가라니까!"

이번에는 천영영이 신경질적인 목소리를 쏟아 냈다.

운현이 움찔 몸을 떨더니 목소리를 낮추며 조심스럽게 말했다.

"차라리 내가 여기서……."

"내 말 못 알아들었어? 네가 더 빠르다니까! 그러니까 가라고!"

천영영이 악을 쓰듯 목소리를 높였다.

그녀의 가녀린 뒷모습을 물끄러미 쳐다보던 운현이 한숨을 내쉬며 그녀의 옆으로 다가섰다.

천영영이 휙 고개를 돌리며 운현을 노려봤다.

"뭐야? 내 말 못 알아들었어? 가라잖아!"

그러나 운현은 가만히 고개를 저었다.

"못 가."

"뭔 소리야? 둘 중 하나라도……."

그러나 운현은 이번에도 고개를 저어 천영영의 말을 끊었다.

"너 혼자 두고 어떻게 가? 차라리 같이 죽고 말지. 사실 저 인간을 따돌릴 자신도 없고."

운현이 노도진을 향해 턱짓을 했다.

천영영의 시선까지 받은 노도진이 따분하다는 얼굴로 하품을 하며 말했다.

"그러니까 안 죽인다니까. 얌전하게 따라오라고."

"미친놈이…… 너 같으면 그렇게 하겠냐?"

운현의 말에 노도진이 고개를 갸웃거렸다.

"그런가?"

그러나 이내 작게 고개를 저어 잡념을 날려 버리고는 천영영과 운현을 쳐다보며 말했다.

"그럼 할 수 없지. 억지로라도 끌고…… 어?"

그러나 노도진은 끝까지 말을 이어 갈 수가 없었다.

이제까지처럼 나른하던 얼굴을 순식간에 지워 낸 노도진이 잔뜩 긴장한 얼굴로 어딘가를 주시했다.

운현이 눈매를 좁혔다.

"지금 뭐 하는……."

여차하면 들이치려 은근히 내력을 끌어올렸지만 한순간 확하고 몰아치는 바람에 은밀하게 끌어올리던 내력이 순식간에 흩어졌다.

"뭐, 뭐야?"

운현이 당황한 얼굴로 자신의 앞을 가로막은 인영의 등을 쳐다봤다.

그러나 반응은 천영영이 더 빨랐다.

"유 씨 할아버지!"

천영영이 반색이 가득한 얼굴로 유진산을 불렀다.

그제야 상황을 파악한 운현이 얼떨떨한 얼굴로 목소리를

냈다.

"아니, 할아버지가 어떻게……."

그러나 운현은 이번에도 말을 끝까지 이어 가지 못했다.

또 한 번 바람이 획하고 몰아치더니 이번에도 반가운 얼굴이 모습을 드러냈기 때문이다.

"어? 할매!"

"할머니!"

운현과 천영영의 앞에 모습을 드러낸 팽연옥이 둘과 같이 반가운 얼굴을 하기보다는 못마땅하다는 기색이 가득한 얼굴로 말했다.

"꼬락서니하고는…… 집에 보내 놨더니 그 꼴이 뭐냐? 잘 먹고 잘살아야지."

팽연옥이 혀를 끌끌 찼다.

탐탁찮아 하는 그녀의 기색을 알아본 운현이 봉마곡에서 그랬던 것처럼 입술을 삐죽거렸다.

"할매는…… 오랜만에 만나서는……."

"시끄럽다, 이놈아. 담 오라버니 찾으러 나왔다가 별꼴을 다 보는구나. 어깨는 또 왜 그 모양이냐?"

"난 뭐 다치고 싶어서 다친 줄 알아? 저 인간이 죽자고 덤비는데 어떻게 해?"

운현이 유진산과 대치하고 있는 노도진에게로 시선을 던졌다.

그의 시선을 따라간 팽연옥이 호기심 가득한 눈으로 노도진을 잠시 쳐다보다가 이내 고개를 젓고 말았다.

당장은 그것보다 더 급한 일이 있었기 때문이다.

"일단 상처부터 좀 보자."

팽연옥이 운현에게 다가가 상처의 위치를 유심히 쳐다보더니 운현의 혈을 툭툭 짚었다.

그러자 몽글몽글 솟아 나오던 핏물이 급격하게 줄어들기 시작하더니 어느 순간 뚝 멎어 버렸다.

팽연옥이 고개를 끄덕이며 말했다.

"일단 응급처치는 끝났고…… 치료는 오라버니께 받도록 하거라."

그리고는 운현의 대답을 기다리지도 않고 유진산에게로 시선을 돌렸다.

유진산의 얼굴이 저답지 않게 딱딱한 것을 알아본 팽연옥이 노도진을 힐끔거리며 조심스러운 목소리로 질문했다,

"아는 사람입니까?"

그러나 유진산은 대답이 없었다.

대신 노도진이 먼저 양손을 모으며 허리를 굽혔다.

"오랜만입니다, 숙부님."

운현과 천영영이 유진산을 쳐다보며 당황한 얼굴을 했다.

"어?"

"수, 숙부님이요?"

그러나 유진산은 아무런 대꾸가 없었다.

그를 뚫어져라 쳐다보는 천영영과 운현의 앞을 팽연옥이 막아섰다.

"물러서라."

"하지만……."

"물러서라 하지 않느냐? 나중에 여쭈어보면 될 일이다."

팽연옥의 단호한 말투에 운현이 머쓱한 얼굴로 한 걸음 물러섰다.

천영영 역시 운현과 같이 보조를 맞추며 물러서자 팽연옥이 그제야 노도진에게로 시선을 줬다.

그 모습을 물끄러미 쳐다보고 있던 노도진이 곤란하다는 얼굴을 했다.

"이런…… 숙부님께서 아시는 이들입니까? 그렇다면 곤란한데……."

그러나 유진산은 여전히 말이 없었다.

감정이 깃들지 않은 눈으로 노도진을 물끄러미 쳐다볼 뿐이었다.

유진산의 냉랭한 모습에 노도진이 서운하다는 얼굴을 했다.

"그래도 대꾸는 좀 해 주시는 것이…… 누님의 일이 제 잘못은 아니지 않습니까?"

그 순간 유진산의 분위기가 일변했다.

훅 풍겨져 나오는 사나운 기세를 감당하지 못한 운현과 천영영이 움찔 몸을 떨었다.

"어?"

"이런……."

팽연옥이 얼른 둘의 앞을 막아서며 유진산의 기세를 대신 받아 냈다.

그리고는 운현과 천영영을 돌아보며 쯧하고 혀를 찼다.

"봉마곡을 나선 지가 언제인데 이 정도도 버텨 내지 못하고 아직도 그 모양인 게냐?"

팽연옥의 타박에 운현이 발끈한 얼굴을 했다.

그러나 천영영이 그의 팔을 가만히 붙잡자 더는 제 감정을 표출하지 못했다.

슬며시 입꼬리가 올라가던 팽연옥이 이내 작게 고개를 저으며 시선을 돌렸다.

나른한 얼굴의 노도진과 사나운 얼굴의 유진산은 여전히 그대로였다.

이번에도 목소리를 낸 것은 노도진이었다.

"제 잘못도 아닌데 저한테까지 그러시는 건 좀…… 제 사부님 앞에서는 아무 말도 하지 않으셨지 않습니까?"

그제야 유진산이 반응을 보였다.

"그 일은 더는 언급하지 말도록 하라."

"이제야 저와 말을 섞을 생각이 생기신 겁니까?"

유진산의 반응에 노도진의 얼굴이 밝아졌다.

그러나 유진산은 고개를 저었다.

"그만 가거라. 네 녀석을 대면하고 있는 것조차 곤욕이니까."

"너무하신 것 아닙니까? 다시 말하지만 제 잘못이 아니지 않습니까? 그 일 때문에 저 역시 사부님을 원망하고 있다는 건 숙부님께서도 잘 알고 계시지 않습니까?"

노도진은 틀린 말은 하지 않았다.

그러나 유진산은 여전히 고개를 저었다.

"그렇다고 네 녀석이 그의 제자라는 사실이 바뀌는 것은 아니지. 더는 너와 마주하고 싶지 않다. 그만 가 보거라."

"거의 삼십여 년 만인데 이렇게 매몰차게 대하실 필요는 없지 않습니까?"

"네 녀석을 당장 쳐 죽이지 않는 것만으로도 한계 이상의 인내심이 필요한 일이다. 마지막으로 말하겠다. 그만 가거라."

유진산의 냉정한 말에 노도진의 얼굴에 처음으로 변화가 생겼다.

반가움이 가득한 자신과는 달리 유진산은 적의로 가득 차 있었기 때문이다.

이해하지 못할 바는 아니었지만 섭섭함을 떨쳐 내지 못한 노도진이었다.

노도진이 잔뜩 찌푸려진 얼굴을 하더니 결국은 한숨을 푹 내쉬고 말았다.

"알겠습니다. 아직은 시간이 필요한 일인 것 같으니 오늘은 그냥 물러가겠습니다. 다시 찾아뵙겠습니다."

"그럴 필요 없다."

유진산이 노도진의 말을 냉정하게 잘라 냈다.

그러나 노도진은 그의 말을 한 귀로 흘리며 천영영과 운현을 쳐다봤다.

어느새 예의 그 나른한 얼굴을 한 노도진이 픽 웃음을 흘리며 말했다.

"너무 원망하지는 말라고. 너희들이 숙부님과 아는 사이인 줄은 몰랐으니까."

그리고는 등을 돌리려던 노도진이 무언가 떠오른 얼굴로 멈칫하더니 다시 유진산을 쳐다봤다.

"그런데 그것 아십니까?"

"무얼 말이냐?"

유진산의 의문을 품은 얼굴로 대꾸했다.

노도진이 운현과 천영영을 향해 턱짓을 하며 말했다.

"저 친구들 말입니다. 일행이 꽤 있지 않습니까?"

유진산이 가늘게 눈매를 좁히며 다시 질문했다.

"무슨 뜻이지?"

"그건 저 친구들에게 물어보십시오. 그럼 전 가 보겠습니다."

"자, 잠깐!"

유진산이 급하게 손을 뻗어 노도진을 멈춰 세우려 했다.

그러나 귀신과 같은 움직임으로 잔상을 남기며 유진산의 손길을 유유히 빠져나간 노도진은 빠르게 자취를 감춰 버렸다.

그가 사라진 방향과 허전한 자신의 손을 번갈아 바라보던 유진산이 한순간 허탈하다는 얼굴을 했다.

"벌써 이렇게나 성장을 했구나."

참룡
회귀록

斬龍回歸錄

80 章.

　기절한 듯이 잠이 들었던 운현이 깨어난 것은 반나절이 훌쩍 지나간 시점이었다.

　운현이 눈을 뜨자마자 그 기척을 눈치 챈 팽연옥이 쯧하고 혀를 찼다.

　"아직 한창인 나이에 고작 그 정도로 반나절씩이나 드러눕는 꼴이라니……."

　평소라면 발끈할 운현이었지만 아직 정신이 돌아온 것이 아닌지 여전히 멍한 얼굴이었다.

　팽연옥이 못마땅하다는 얼굴로 한마디 더 하려는 찰나 유진산이 손을 들어 그녀를 만류했다.

　"그만하거라."

그리고는 운현에게 다가가서는 그의 어깨를 살폈다.

"어디 한번 보자꾸나."

"으윽. 할아버지 살살……."

제법 통증이 느껴지는지 운현이 울상을 했다.

그러나 유진산은 픽 웃음을 흘릴 뿐이었다.

운현의 상세를 살핀 유진산이 고개를 끄덕이며 말했다.

"잘 먹고 잘 쉬면 곧 나을 터이니 걱정 말거라. 어디 진흙탕이라도 뒹굴게 되면 깨끗하게 씻어 내고. 그러지 않으면 썩어서 도려내야 할지도 모를 일이니까."

운현이 찌푸려진 얼굴로 고개를 끄덕였다.

그러다가 갑자기 무슨 생각이 들었는지 급하게 주위를 살폈다.

"영영이는? 영영이는요?"

운현의 반응에 유진산이 픽하고 웃음을 보였다.

팽연옥 역시 어이가 없다는 얼굴로 웃음을 보이더니 다른 쪽에 있는 침상을 턱짓하며 말했다.

"저기 있지 않느냐?"

운현의 눈길이 침상에 누워 죽은 듯이 잠들어있는 천영영에게로 향했다.

"어? 영영……."

운현이 급하게 몸을 일으키려 할 때, 유진산이 손을 뻗어 그를 내리눌렀다.

"내버려 두거라."

"하지만……."

"영영이는 그냥 좀 지친 것뿐이다. 푹 자고 일어나면 괜찮아질 게다. 그보다 이게 대체 어떻게 된 일이냐? 그놈이 왜 너희들을 뒤쫓은 것이냐?"

"그놈? 어, 그게……."

유진산의 질문에 운현은 그제야 현실로 돌아온 듯한 얼굴이었다.

팽연옥 역시 궁금하다는 얼굴로 운현에게 시선을 던졌다.

그러나 운현은 난감하다는 듯한 표정을 지으며 머리를 긁적였다.

"저도 잘 몰라요."

운현의 말에 유진산이 얼굴을 찌푸렸다.

그러나 행동으로 나선 것은 팽연옥이 먼저였다.

"그게 무슨 소리냐? 네가 모르면 그걸 누가 알아?"

"진짜 잘 몰라. 나도 그 인간 딱 두 번 본 거라고."

"두 번?"

유진산의 질문에 운현이 고개를 끄덕였다.

"예. 두 번째 본 거예요. 처음에는 정무맹에서 봤었는데 워낙 난장판이었던 상황이라 그 사람은 절 보지도 못했을 걸요. 그런데 갑자기 튀어나와서는 쫓아오더라고요."

"무슨 이유로?"

"그건 저도 잘…… 그냥 같이 가자고만 하더라고요."

"흐음……."

유진산이 수염을 쓰다듬으며 운현을 쳐다봤다.

그가 거짓말을 할 이유는 없었지만 도무지 이해가 되지 않았던 탓이다.

그러나 팽연옥은 생각이 달랐다.

"이놈아, 얼른 사실대로 말하지 못해?"

"할매는…… 내가 알면 안다 말하지 뭣하러 소화네 할아버지한테 거짓말을 해? 나 진짜 모른다니까."

"이놈이 그래도! 얼른 사실대로 말하지 못해?"

"나도 진짜 모른다고. 나도 궁금하다고. 그 자식이 왜 우리 뒤를 뒤쫓았는지."

운현이 자신을 다그치는 팽연옥을 쳐다보며 답답하다는 얼굴을 했다.

눈을 부라리며 한마디 더 하려는 팽연옥을 유진산이 만류했다.

"그만하거라."

"하지만 오라버니……."

"운현이 말이 맞지 않느냐? 저 녀석이 알면 안다 말했겠지. 내게 그것을 숨겨서 무슨 이득을 보겠다고? 그러니 그만하거라."

유진산의 말에 팽연옥이 끙하고 앓는 소리를 냈다.

그러나 더는 말을 꺼내지 않았다.

유진산이 그제야 운현을 다시 쳐다보며 질문을 했다.

"그런데 그 녀석이 마지막에 한 말은 무슨 뜻이냐?"

"마지막에 한 말?"

어리둥절한 얼굴을 하던 운현이 무언가 떠올랐다는 듯이 짝하고 손뼉을 쳤다.

"아! 다른 애들! 다른 애들이 위험해요! 우리한테 그 사람이 붙은 걸 보면 다른 애들한테도 다 따라붙었을 텐데……."

앞뒤를 잘라먹었기에 상황이 정확히 파악되지는 않았다.

그러나 한 가지는 확실했다.

"다른 아이들이 위험하다는 뜻이구나."

"예! 맞아요! 지금 이럴 때가…… 윽!"

벌떡 몸을 일으키던 운현이 어깨에서 느껴지는 격렬한 통증에 저도 모르게 신음성을 흘렸다.

유진산이 고개를 저었다.

"누워 있거라."

"하지만……."

"그 일은 나와 연옥이가 알아서 하마. 아이들은 어디로 향했느냐?"

"어? 그게…… 무당이랑 패천성. 신무문이요."

운현의 말에 유진산이 얼굴을 찌푸렸다.

하나가 부족했기 때문이다.

팽연옥 역시 난감하다는 얼굴로 유진산을 쳐다봤다.

"이럴 줄 알았으면 황 언니와 안가 놈도 함께 올 걸 그랬습니다."

"어쩔 수 없지. 일단 가까운 곳부터 해결하는 수밖에."

"그럼……."

"내가 남경으로 가마. 넌 무당으로 가거라."

"오라버니께서 남경으로요?"

유진산의 말에 팽연옥이 눈을 동그랗게 떴다.

그러나 유진산은 팽연옥의 놀람을 모른 척하며 운현을 쳐다봤다.

"그놈은 더 이상 너희들을 건드리지 않을 것이다. 조금 쉬면서 영영이가 회복되거든 그때 움직이거라."

"어? 하지만……."

운현이 다급한 얼굴로 유진산을 쳐다봤다.

그러나 유진산은 벌써 자리에서 일어나서 팽연옥을 쳐다보며 말했다.

"나 먼저 가 보겠다."

"알겠습니다."

팽연옥이 대꾸를 하기가 무섭게 유진산의 신형이 잔상조차 남기지 않은 채 그 자리에서 사라져 버렸다.

운현이 눈을 동그랗게 떴다.

"어? 할아……."

팽연옥이 고개를 저어 운현의 말을 끊었다.

"오라버니 말대로 하거라. 나도 이만 가 봐야겠다."

팽연옥 역시 말이 끝나기 무섭게 그 자리에서 흩어지듯 자취를 감춰 버렸다.

운현이 얼굴을 와락 찌푸렸다.

"에이 씨. 할아버지는 몰라도 할매는 혼자 어쩌려고…… 정신도 성치 않으면서."

임무일 등이 가쁜 숨을 내쉬며 산을 탔다.

부지런히 움직이며 저들을 떨쳐 내 보려 했지만 쉽지 않은 일이었다.

자신들의 움직임을 훤히 들여다보기라도 하듯 저들은 길목 요소요소를 틀어막으며 자신들을 몰아넣고 있었기 때문이다.

임무일의 조급한 마음을 대변하기라도 하듯 움직임이 점점 더 급해졌다.

그러한 이동이 이틀 정도 지났을 때, 뒤따라오던 철소화가 임무일을 불렀다.

"오빠! 잠깐만. 잠깐만 멈춰 봐."

철소화의 목소리에 임무일이 멈칫하며 뒤돌아봤다.

"왜?"

"왜긴 왜야? 일단 좀 쉬자는 거지. 진짜 죽겠다고."

철소화가 울상을 하며 하소연하듯 말했다.

산에 오른 후로는 더 이상 조희진과 혁련강에게 의지하지 않고 제 다리로 이동을 거듭했던 철소화였다.

그동안은 곧잘 따라왔지만 이제는 거의 한계에 달한 상황이었다.

철소화의 상태를 알아챈 혁련강이 고개를 끄덕이며 그녀를 거들었다.

"소화 말이 맞다. 일단 좀 쉬는 것이 좋겠다. 이러다가는 제대로 싸워 보지도 못하고 우리가 지칠 것 같으니까."

혁련강의 말에 임무일이 얼굴을 찌푸렸다.

마음은 급했지만 몸이 따라 주지 않는 것이다.

쉽게 포기하기 어려웠던 임무일은 마지막으로 조희진을 쳐다봤다.

그러나 그녀 역시 철소화의 생각에 동의하기라도 하듯 고개를 끄덕였다.

"일단 좀 쉬는 게 좋을 것 같아."

조희진마저 철소화를 거들고 나서자 임무일이 끙하고 앓는 소리를 냈다.

그리고는 어쩔 수 없다는 얼굴로 고개를 끄덕이려는 순간.

다섯 개의 검은 인영이 불쑥 치솟아 오르듯 모습을 드러냈다.

임무일이 가장 먼저 반응하며 당황한 얼굴을 했다.

"이, 이런!"

그리고 그 뒤를 철소화와 혁련강이 뒤따랐다.

"말도 안 돼? 이렇게 가까이 올 때까지 몰랐다고?"

"제길!"

말은 하지 않았지만 당황한 얼굴을 한 것은 조희진 역시 마찬가지였다.

일호가 그들을 휙 훑어보더니 한 걸음 앞으로 나서며 말했다.

"그만 포기하지? 이제 그만 쉬어야 되지 않겠나?"

복면 사이로 드러난 두 눈에 웃음기가 가득했다.

그것을 알아본 임무일이 이를 빠드득 갈며 으르렁거렸다.

"미친 새끼!"

석대림을 업고 뛰는 소무결은 입에서 단내가 날 지경이었다.

연신 뜨거운 숨을 내뱉으며 헐떡거렸다.

"혀, 형님. 죄송해요."

석대림이 미안하다는 감정을 가득 담은 얼굴로 나직이 말했다.

그것을 용케 알아들은 소무결이 여전히 헐떡거리며 간신히 대꾸했다.

"됐어. 다 나 살자고 하는 짓이니까. 너 잘못되면 기아 자식한테 맞아죽을지도 모를 일이니까."

"무, 무슨 말도 안 되는……."

"말이 안 되긴? 그렇게 따지면 아무것도 요구하지 않고 누군가를 가르치는 그 자식이 더 말이 안 되지. 그 자식이 어떤 자식인데. 오죽하면 그 자식이 너 대하는 거 보고 우리가 친동생인 줄 알았겠냐?"

유난히 석대림을 아끼는 모용기였다.

자신들을 가르칠 때에는 꼬박꼬박 대가를 내놓으라던 녀석이 석대림에게는 아무것도 요구하지 않고 자신의 것을 나눠 준 것이다.

그러나 석대림은 여전히 고개를 저었다.

"형님이 잘못 보신 거죠. 절 얼마나 괴롭히는데……."

"그게 괴롭히는 걸로 보이냐? 이게 아주 배가 불렀네. 배가 불렀어."

자신이 받은 것이 무엇인지를 모른다는 듯한 석대림의

대꾸에 소무결이 어이가 없다는 얼굴을 했다.

그 때 당소문이 소무결의 어깨를 툭 치며 말했다.

"이제 좀 쉬다 가자."

"왜? 벌써 힘들어?"

"나 말고 너. 좀 쉬다 가자. 이대로는 무리다."

"누가 그래? 무리라고? 난 끄떡도 없다고."

"누가 봐도 그래. 쉬다 가. 이러다가 퍼지면 진짜 일이 꼬이니까."

당소문은 더 말할 것도 없다는 듯이 그대로 신형을 멈춰 버렸다.

소무결 역시 신형을 멈추며 당소문을 돌아봤다.

"지금 누가 누굴 걱정해? 난 괜찮다니까."

소무결은 못마땅하다는 기색이 역력했다. 그러나 당소문은 고개를 저었다.

"정 가고 싶으면 혼자 가든가. 난 좀 쉬어야겠어."

그리고는 커다란 나무 밑으로 다가가 엉덩이를 붙였다.

소무결이 와락 얼굴을 구겼다.

"가라면 누가 못 갈 줄 알고? 나 진짜 먼저 간다?"

소무결은 당장이라도 신형을 날릴 듯한 기세였다.

그러나 당소문은 아예 눈을 감아 버렸다.

당소문의 의사가 확고하다는 것을 알아본 소무결이 끙하고 앓는 소리를 냈다.

그리고는 후하고 한숨을 내쉬더니 제 등에 업힌 석대림을 돌아봤다.

"야. 내려."

"아…… 예, 형님."

석대림이 잽싸게 떨어져 나가자 소무결은 당소문의 곁으로 털레털레 걸어가더니 아예 바닥에 대자로 드러누워 버렸다.

"으으…… 죽겠다."

그제야 본심을 드러내는 소무결을 힐끔 돌아본 당소문이 픽하고 웃음을 보였다.

소무결이 얼굴을 찌푸렸다.

"웃냐? 이게 웃겨?"

당소문이 고개를 저었다.

"아니다."

"아니긴 뭐가 아냐? 너 지금 나 무시하는 것 같은데……."

소무결이 눈매를 가늘게 좁혔다.

그러나 당소문은 이번에도 고개를 저었다.

"쓸데없는 말 하지 말고 쉴 수 있을 때 쉬어 둬. 아직 이삼일은 더 가야 하니까. 퍼지면 진짜 답도 없다."

그리고는 멀리서 멀뚱멀뚱 쳐다보고 있는 석대림을 향해 손짓을 했다.

"너도 와서 일단 쉬어."

"예? 예."

석대림이 소무결과 당소문의 눈치를 살피며 조심스럽게 다가왔다.

어딘가 어색해 보이는 그의 얼굴에 픽 웃음을 흘린 당소문이 다시 소무결을 쳐다봤다.

"다른 녀석들은 괜찮을까?"

"글쎄…… 괜찮지 않을까? 우리도 아직까지 아무 일도 없는 것을 보면."

조금은 확신이 부족해 보였다.

다만 그렇게 되길 바라는 것이다.

소무결의 마음을 알아챈 당소문이 고개를 끄덕였다.

그 역시 같은 생각이었다.

당소문이 이번에는 다른 질문을 했다.

"그런데…… 대체 어떤 놈들이지? 지난번에 맹에서 봤던 그놈들 맞아? 개방에서는 아직 연락이 없나?"

"그래. 틈틈이 물어보고는 있는데 성과가 없는 것 같더라고. 이게 참 이상한 게 그 정도 고수가 몇이나 몰려다니면 분명 작은 단체는 아닐 텐데, 우리 개방에서 아직까지 흔적조차 잡지 못하고 있는 걸 보면 아무래도 만만한 놈들은 아닌 것 같아."

"개방도 힘들다라…… 네 말대로 정말 만만한 놈들은

아닌 것 같군."

"그렇다니까. 그래도 걱정할 필요는 없고. 다른 곳도 아니고 우리 개방이라고. 작정하면 못 알아낼 것이 없으니까. 시간이 걸려도 결과물은 꼭 나올 거야."

소무결의 말에 당소문이 고개를 끄덕였다.

"그거야 나도 잘 알아. 그보다 이제 말 안 시킬 테니까 일단 쉬어 둬. 좀 쉬고 다시 움직일 거니까."

"그거야 네가 말 안 해……."

소무결이 문득 말꼬리를 흐렸다.

그리고는 한숨을 푹 내쉬며 자리에서 일어섰다.

그와 동시에 자리에서 일어선 것은 당소문 역시 마찬가지였다.

긴 소매를 늘어트린 채 손을 감추고 있는 당소문의 모습에 석대림이 불안한 얼굴을 했다.

"왜……?"

그러나 그 대답은 다른 곳에서 들려왔다.

"호오, 그걸 알아차렸나? 나름 조심한다고 했는데. 역시 감이 좋아."

어둠 속에서 잔영이 조금은 감탄을 했다는 얼굴로 모습을 드러냈다.

소무결이 얼굴을 찡그리며 주위를 휘휘 둘러봤다.

"제길. 주렁주렁 달고도 왔네."

언뜻 느껴지는 기척만 해도 두 자릿수가 넘어갔다.

느껴지지 않는 기척까지 포함하면 제법 많은 수가 될 것이다.

소무결이 잔영을 노려보며 당소문을 툭 건드렸다.

그 순간 당소문의 긴 소맷자락이 크게 펄럭였다.

눈에 보이지도 않을 정도의 가느다란 당가의 세침이 잔영에게로 무섭게 쏟아졌다.

"흥! 잔재주를!"

잔영이 주먹을 뻗어 냈다.

직후 팡하는 소리가 들리더니 십여 개의 세침이 후드득 떨어져 내렸다.

눈에 잡히지 않아도 약간의 소리만으로 충분했던 게다.

"고작 이 정도로…… 이런!"

뿌듯한 얼굴을 하던 잔영이 한순간 얼굴을 와락 구겼다.

잠시 자신이 한눈을 판 사이 소무결과 당소문이 석대림을 낚아채고는 순식간에 거리를 벌렸기 때문이다.

"잡아!"

잔영의 외침과 동시에 십여 개의 검은 인영이 불쑥 모습을 드러내더니 소무결과 당소문에게 달려들었다.

그것을 예상이라도 했다는 듯 당소문이 또다시 소매를 펄럭였다.

수많은 세침이 동시다발적으로 쏟아져 나갔다.

"악!"

"억!"

십여 개의 인영 중 반 이상이 그 자리에서 꼬꾸라졌다.

그러나 남은 이들은 여전히 소무결과 당소문을 노리며 꾸역꾸역 밀려들었다.

"지독한……"

소무결이 이를 갈며 타구봉을 내밀었다.

자신들을 노리던 여섯 개의 검을 한꺼번에 걷어 냈다.

그 순간 당소문이 한 번 더 소매를 펄럭였다.

제법 오랜 시간을 함께했기에 별다른 말이 없어도 호흡이 척척 들어맞는 모습이었다.

"악!"

"아악!"

남은 검은 인영들까지 완전히 거꾸러트린 당소문과 소무결이 다시금 석대림을 낚아채며 한 번 더 튀어 오르려는 찰나.

"젠장! 피해!"

소무결이 다급히 당소문과 석대림을 밀어냈다.

"뭐, 뭐?"

"이런……"

석대림과 당소문이 소무결의 힘을 이기지 못하고 비틀거리며 물러섰다.

그와 동시에 날카로운 검기가 그들의 앞을 훑고 지나갔다.

그들이 잠시 주춤한 사이 잔영이 그들의 앞을 막아섰다.

바닥에 널브러진 채 어느새 시퍼렇게 질려 가는 제 수하들의 모습에 잔영이 얼굴을 찌푸렸다.

"독인가 보군."

당소문 대신 소무결이 고개를 끄덕였다.

"당연하지. 당가가 독이고 독이 당가인데. 비겁하다 뭐다 할 건 아니지? 그렇게 치면 너희들이 더해. 제길, 대체 몇 명이 온 거야?"

소무결이 딱딱한 얼굴을 하며 쓴웃음을 머금었다.

굳이 눈으로 보지 않아도 숨죽이고 있던 이들이 조금씩 준비를 하는 것을 읽을 수가 있었기 때문이다.

굳이 숨길 이유가 없다는 듯이 이제는 조금씩 기척을 드러내며 더 많은 기척이 느껴지기 시작한 게다.

잔영이 어깨를 들썩이며 말했다.

"그럴 생각은 없는데…… 어차피 전쟁 아닌가? 전쟁은 죽고 죽이는 거지. 거기에 비겁하고 말고가 어디 있겠어? 살아남으면 되는 것이지."

별다른 감흥이 없어 보이는 듯한 말이었지만, 오히려 그것에서 더욱 오싹함을 느끼는 소무결이었다.

당소문과 석대림 역시 마찬가지였다.

특히나 석대림의 얼굴은 눈에 띄게 딱딱해졌다.

그들의 변화를 눈치 챈 잔영이 픗 웃음을 보이며 말했다.

"그렇다고 그렇게 긴장할 건 없고. 죽이지는 않을 테니까. 네놈들은 쓸모가 있거든."

"무, 무슨……."

잔영의 말에 소무결이 의문을 표했다.

그러나 잔영은 그의 의문을 풀어 줄 정도로 친절한 성격이 되지 못했다.

잔영이 소무결 일행을 향해 검 끝을 세웠다.

"잡아."

그와 동시에 어둠 속에서 삼십여 개의 인영이 불쑥 모습을 드러냈다.

그리고 이전과는 달리 신중하게 거리를 좁혀 오는 모습이었다.

당가의 세침을 경계하는 것이다.

"젠장!"

소무결이 욕설을 내뱉더니 당소문을 쳐다봤다.

그러나 당소문 역시 고개를 저을 뿐이었다.

빠져나가기가 생각보다 어려울 것 같아 보였기 때문이다.

소무결이 이를 빠드득 갈았다.

"그렇다고 비 맞은 개처럼 꼬리를 내릴 수는 없잖아."

"그렇긴 하지."

당소문이 순순히 고개를 끄덕이더니 다시금 양손을 내리며 소맷자락을 기다랗게 늘어트렸다.

그리고는 등 뒤의 석대림을 돌아보지도 않고 말했다.

"잘 따라와라. 너 챙길 여유 없으니까."

당소문의 말에 석대림이 이를 악물더니 고개를 끄덕였다.

"형님, 걱정하지 마십시오."

석대림의 말을 끝으로 당소문과 소무결이 슬쩍 눈길을 맞췄다.

그리고는 동시에 뛰쳐나가려는 순간.

쾅!

잔영이 있던 자리에서 폭음이 터져 나오더니 후드득 피어오른 흙먼지가 사방으로 흩어 내렸다.

"뭐, 뭐야?"

소무결이 당황한 얼굴로 타구봉을 휘둘렀다.

단번에 흙먼지가 걷어져 나가고 그제야 시야가 밝혀졌다.

어느새 거리를 벌린 채 긴장하는 기색이 역력한 잔영이 제 앞을 가로막고 있는 사내를 쳐다보며 이를 갈았다.

"네놈이 왜……"

담재선이 어깨를 들썩이며 말했다.

"생각해 보니 자네 말대로 갈 곳이 없더군. 그럴 바에야 한번 들이받아 보는 것도 괜찮겠다 싶어서 말이야."

"미, 미친! 그걸 지금 말이라고!"

잔영이 얼굴을 와락 구기며 버럭 소리를 질렀다.

그러나 담재선은 오히려 의외라는 얼굴을 했다.

"자네는 내가 제정신으로 보였나? 그럴 리가. 그랬다면 그놈들 밑에서 그러고 살지도 않았을 테지. 자네 역시 마찬가지일 테고."

그리고는 담재선이 진각을 크게 밟았다.

쿵!

묵직한 기파가 사방으로 뿌려지더니 모습을 감추고 있던 흑의 인영들이 모조리 끌려나왔다.

대략 사십여 개의 흑의 인영들이 서로를 쳐다보며 당황한 얼굴을 했다.

"이, 이런!"

"이게 무슨!"

단지 기파만으로 자신들의 은신을 깨 버린 것에 적지 않게 놀란 모습들이었다.

그러나 담재선은 당황한 얼굴을 한 그들에게는 시선조차 주지 않은 채 소무결과 당소문을 돌아보며 말했다.

"저들은 자네들에게 맡기지."

"어? 그거야 뭐……."

잔뜩 내력을 끌어올리며 담재선의 기파에 저항하던 소무결이 얼떨결에 고개를 끄덕였다.

그와 동시에 담재선이 휙 몸을 날리더니 순식간에 잔영과의 거리를 좁히며 일장을 뻗어 냈다.

싸늘한 한기가 자신을 덮치자 잔영이 이를 빠드득 갈며 검을 찔러 냈다.

"빌어먹을 자식! 어디 한번 해보자! 누가 죽는지!"

쾅!

조문홍의 일장에 성인이 양팔로 감싸도 모자랄 두께의 거대한 나무가 그그긍 소리를 내더니 그대로 쓰러지며 쿵 하는 묵직한 울림이 퍼져 나갔다.

주변을 진동시킬 정도의 강력한 진동이었지만 조문홍의 얼굴은 밝지가 못했다.

조문홍이 찌푸려진 얼굴로 위일청을 돌아봤다.

"이것도 아닌 것 같은데?"

"그렇군. 주변의 움직임이 없는 것을 보니……."

이 정도 울림이면 산 전체가 비명을 질러야 정상인데 작은 산짐승이나 새 따위의 기척이 조금도 느껴지지 않았다.

아직 진이 깨지지 않은 것이다.

조문홍이 난감하다는 얼굴로 말했다.

"이거 잘못 걸린 건 아닌가 모르겠어. 단단해도 너무 단단한데……."

지난 열흘간 의심스러운 것은 다 때려 부순 조문홍이다. 나무며 바위며 가리지 않았다.

일단 부수고 봤다. 그러나 자신들을 가둬 둔 진법은 전혀 반응이 없었다. 너무하다 싶을 정도였다.

위일청은 의심스럽다는 얼굴로 했다.

"그렇긴 한데…… 아무래도 뭔가 이상한데."

"뭐가?"

"이 정도 난동을 부렸으면 무어라도 반응이 있을 법한데 조용해도 너무 조용해. 뭔가가 있는 것 같은데……."

"그런가?"

"그렇지. 자네와 내가 때려 부순 것이 산의 절반을 차지한다고 해도 과언이 아니야, 그런데도 반응이 없어도 너무 없어. 이건 뭔가 있는 게 확실해."

위일청이 자신들이 지나온 길을 뒤돌아봤다.

닥치는 대로 때려 부수며 지나온 터라 난장판이 되어 있어야 했을 길이 어느새 무슨 일이라도 있었냐는 듯 멀쩡한 모습으로 그의 시선을 맞이했다.

"그렇게 때려 부쉈는데도 진법에 전혀 영향을 주지 못한다라…… 이건 말이 안 되지. 분명 뭔가가 있어."

"확실히 이상하긴 하네."

조문홍 역시 자신들이 지나온 길을 되돌아보며 고개를 끄덕였다.

조문홍이 다시 위일청을 쳐다봤다.

"뭔가 짚이는 거라도 있어?"

"물론."

"그게 뭔데?"

"뭐겠나? 어느 놈이 계속해서 진법을 보강하고 있는 것이지. 이거 골치 아프게 됐어."

위일청의 말에 조문홍이 얼굴을 찌푸렸다.

일이 꼬였다는 것을 그 역시 어렵지 않게 눈치 챈 것이다.

그러나 제 머리로 해결책을 구하기보다는 위일청에게 의지하는 것이 익숙한 조문홍이었다.

"그럼 이제 어쩌지?"

"어쩌긴. 한 길만 파면 되는 거지."

"한 길만 판다고?"

"그래. 지금처럼 의심스러운 곳을 두드려 부수며 좌충우돌하는 게 아니라 한 방향으로만 우직하게 밀고 나가는 거지. 어느 놈인지 모르겠지만 그놈도 필시 한계가 있을 테니마냥 보강하지만은 못할 테지."

위일청의 말에 조문홍이 짝하고 손뼉을 쳤다.

"아! 그러면 되겠네? 그건 내가 제일 잘하는 건데. 어느 방향으로 할까? 아무 데나 때려 부수면 되나?"

그리고는 위일청의 대답을 기다리지도 않고 앞으로 달려 나가는 조문홍이었다.

쾅!

조문홍의 손짓 한 번에 폭음이 터져 나오며 흙먼지가 나 부꼈다.

가볍게 손을 저어 자신을 덮치는 흙먼지를 걷어 낸 위일 청이 한숨을 내쉬며 고개를 저었다.

"못 말리겠군."

쾅! 쾅!

요란스러운 폭음이 연거푸 터져 나왔다.

위일청과 조문홍의 움직임을 주시하며 분주하게 움직이 던 제갈연이 난감하다는 얼굴을 했다.

"이 이상 봉마진을 더 확장할 수도 없는데……."

봉마진을 제법 연구한 유진산이라면 모를까 아직 배움이 얕은 자신에게는 무리였다.

한 길로 치고 들어오는 저들을 제어하는 것에 점점 더 한 계가 느껴졌다.

더 이상은 시간을 버는 것이 어려워진 것이다.

"생각보다 눈치가 빠른데, 이거 어쩌지?"

제갈연이 심각한 얼굴로 손톱을 물어뜯었다.

모용기에게 약속한 시간은 보름이었다.

이제 갓 열흘이 지난 시점이라 아직 닷새가 더 필요했다.

지금 물러서는 것은 곤란했다.

"어쩌지? 진짜 어쩌지?"

제갈연의 작은 발이 한자리에서 원을 그리며 바쁘게 움직였다.

초조함이 가득한 얼굴로 머리를 쥐어짰다.

그러나 해답은 쉽게 얻을 수가 없었다.

제갈연이 짜증스러운 손길로 머리를 벅벅 긁었다.

항상 단정하게 손질되어 있던 머리카락이 보기 흉하게 헝클어졌다.

자신이 가장 싫어하는 것이지만 그조차도 인지할 수 없을 정도로 한 가지에만 정신이 쏠려 있었다.

"아 정말…… 이대로 모용 공자에게 돌아갈 수도 없는데……."

모용기는 일이 꼬이면 재깍 자신에게 달려오라고 말했었다.

그러나 그가 하고 있는 것이 무엇인지 어렴풋이나마 알고 있던 제갈연으로서는 선뜻 선택할 수 있는 방안이 아니었다.

"무턱대고 돌아갔다가 기혈이라도 꼬이면 진짜 폐인이

되고 말 텐데……."

작은 충격에도 한 번에 무너질 수 있는 위험한 상황이다.

그 같은 위험을 감수할 용기가 없었다.

"아무래도 안 되겠다. 어떻게든 다른 방법을 생각해 봐야 겠는데……."

제갈연의 큰 눈이 뒤룩뒤룩 굴러갔다.

그리고 제법 많은 시간이 지난 후에 내린 결론은 단 하나 였다.

"일단 모용 공자에게서라도 멀어지게 해야겠다."

그와 동시에 제갈연이 확하고 몸을 날렸다.

급하게 움직인 탓인지 군데군데 그녀의 흔적이 남았다.

더는 시간이 없기도 했지만 약간은 의도적인 움직임이기 도 했다.

조문홍과 위일청의 시선을 자신에게 묶어 두려는 것이다.

그리고 제갈연이 모습을 감추기가 무섭게.

쾅!

요란한 폭음과 함께 조문홍과 위일청이 비로소 봉마진을 깨고 모습을 드러냈다.

그들의 눈에 비친 것은 이전과 별다를 것 없는 풍경.

그러나 바람마저도 정체되어 있는 것과 같던 봉마진 내 부와는 다르게 시원한 바람이 스쳐 지나가자 위일청이 고 개를 끄덕였다.

"이제 빠져나온 것 같군."

"나도 알거든? 후…… 하…… 역시 밖은 공기부터가 다르네."

조문홍이 크게 심호흡을 하며 상쾌하다는 얼굴을 했다.

지난 열흘간 제대로 쉬지도 먹지도 못했음에도 조금의 피로감도 느끼지 못하는 모습이었다.

그러나 그것도 잠시, 조문홍이 이를 으드득 갈며 주위를 둘러봤다.

"그런데 이 개자식은 대체 어디 있어? 어떤 놈인지 면상이나 좀 보고 뼈째 씹어 먹어야 직성이 풀릴 것 같은데. 날 저 빌어먹을 구덩이에다 열흘이나 처박아 뒀다 이거지?"

그 때 위일청이 다가오며 조문홍의 어깨를 툭 쳤다.

조문홍이 잔뜩 일그러진 얼굴로 위일청을 쳐다봤다.

"왜?"

"저기."

위일청이 가볍게 턱짓을 하자 조문홍의 시선이 따라갔다.

그리고 희미하게 남은 제갈연의 흔적을 확인한 조문홍이 히죽 웃음을 보였다.

"찾았다!"

그리고는 이전처럼 위일청이 뭐라 할 틈도 없이 휙하고 몸을 날리는 조문홍이었다.

위일청이 절레절레 고개를 저었다.

"하여간 성질머리는 급해 가지고는……."

그러면서도 이내 조문홍의 뒤를 쫓는 위일청이었다.

길게 늘어진 흔적들을 뒤쫓던 위일청은 제법 시간이 지
난 후에야 이상함을 느끼기 시작했다.

"어라? 이것 좀 이상한데……."

다른 생각이 깃들자 자연스레 발걸음이 느려지는 위일청
이었다.

위일청과의 거리가 조금씩 벌어지자 조문홍이 얼굴을 찌
푸리며 위일청을 돌아봤다.

"빨리 안 오고 뭐 해? 이러다 그놈 놓친다고!"

그러나 위일청의 발걸음은 오히려 더 느려져만 갔다.

그러다가 어느 순간 한 자리에 딱 머물더니 미간을 좁혔
다.

그 순간 조문홍이 위일청의 앞에 불쑥 솟아나듯 모습을
드러냈다.

조문홍이 잔뜩 일그러진 얼굴로 위일청을 다시 한 번 재
촉했다.

"뭐 하냐고? 이러다 그놈 놓친다니까?"

"잠깐. 잠깐만."

"아니, 그러니까 그럴 시간이……."

다급한 얼굴로 자신을 재촉하는 조문홍의 입을 위일청이

자신의 입가에 손가락을 가져다 대며 막았다.

위일청은 못마땅하다는 얼굴로 자신을 쳐다보고 있는 조문홍을 모른 체하며 무언가 곰곰이 생각에 빠지는 모습이었다.

그리고 제법 시간이 지난 후에 위일청이 딱하고 손가락을 튕겼다.

"아…… 이게 미끼로구나."

"미끼?"

잔뜩 일그러졌던 얼굴은 어느새 사라지고 똘망똘망한 눈으로 자신을 쳐다보는 조문홍을 향해 위일청이 고개를 끄덕였다.

"생각해 보게. 흔적이 너무 인위적인 것 같지 않나?"

"인위적이라고?"

"그래. 너무 뚜렷하지도 않고 너무 희미하지도 않지. 급하게 움직였을 터인데도 뚜렷한 흔적을 남기지 않았다는 것은 제법 경공에 자질이 있다는 것이고, 그 정도 실력을 가진 이라면 조금만 신경을 써도 이런 흔적을 남기지 않는 것이 가능하겠지. 그런데도 흔적이 남았어. 굳이 흔적을 남기면서 우리의 시선을 잡아끄는 이유가 뭐겠나?"

"시선을 잡아끄는 이유?"

위일청이 희미하게 웃음을 보이더니 자신들이 왔던 길을 되돌아봤다.

"아무래도 산에 뭔가 있나 보군. 일부러 우리가 산에서 멀어지게 하는 것을 보면."

"어? 그러고 보니까……."

조문홍이 이번에도 손뼉을 짝하고 쳤다. 반짝이는 눈으로 악동 같은 웃음을 보이던 조문홍은 한순간 얼굴을 찌푸렸다.

그의 변화에 위일청이 의아한 얼굴을 했다.

"왜 그러나?"

"왜 그러긴. 산에 뭔가가 있는 건 알겠는데, 이대로면 우리를 골탕 먹인 그놈은 그냥 보내 줘야 하는 거 아냐? 얼굴이라도 알면 모를까, 이대로라면 복수를 하기가 영 어렵다고."

조문홍의 말에 위일청이 소리 없이 웃음을 흘렸다.

조문홍이 샐쭉한 얼굴로 그를 쳐다봤다.

"왜 그렇게 웃어? 내 말이 웃겨?"

"아니, 그럴 리가."

"그런데 왜 그렇게 웃어? 살짝 기분이 나빠지려고 하는데……."

"그게 아니라니까. 자네가 쓸데없는 걱정을 하는 것 같아서 그런 것 아닌가?"

"쓸데없는 걱정이라고? 내가?"

"그래. 잘 생각해 봐. 일부러 미끼가 되어서까지 무언가를 감추려고 하는데 우리가 그것에 접근하는 것을 보고만 있겠나? 곧 볼 수 있을 게야."

위일청의 말에 조문홍이 눈을 동그랗게 떴다.

"어? 그러네? 진짜 쓸데없는 걱정이었네."

조문홍이 기분이 나아졌는지 히죽 히죽 웃음을 보였다.

그리고는 이번에도 한발 먼저 앞서 나가며 위일청을 재촉했다.

"뭐 해? 얼른 안 움직이고. 난 저 산에 뭐가 있는지 궁금해 죽겠다고."

자신의 의도대로 움직이지 않는 조문홍과 위일청의 모습에 제갈연이 이번에도 초조한 얼굴로 손톱을 물어뜯었다.

"실수였어. 흔적을 좀 더 거칠게 남겼어야 했는데……."

어지간한 이들은 속여 넘길 수 있었을지도 모를 일이었지만 오랜 시간 다양한 경험을 쌓은 노강호들은 역시 다르다는 생각이었다.

어느새 산으로 들어간 위일청과 조문홍의 모습에 단번에라도 모습을 드러내 그들을 막아서고 싶었지만 차마 그러지 못했다.

그것은 상황을 더 악화시킬 수도 있는 일이다.

"모용 공자를 찾아내기가 쉽지는 않겠지만……."

산속 깊은 곳에 위치한 동굴로 들어간 모용기를 찾아내

기는 쉬운 일이 아닐 터다. 그러나 무작정 그것만을 기대할 수도 없었다.

제갈연이 어쩔 수 없다는 얼굴로 살금살금 조문홍과 위일청의 뒤를 따랐다.

제법 거리를 두고 그들을 따른 탓에 그들의 이목에 걸릴 일은 없겠지만 심장이 터질 듯이 뛰는 것은 어쩔 수 없는 일이었다.

그리고 자신의 기대와는 다르게 그들이 모용기가 있는 동굴로 빠르게 접근하는 모습을 확인하고는 어느새 얼굴이 빨갛게 달아오르며 가쁜 호흡을 내쉬는 제갈연이었다.

"어? 이걸 어쩌지? 이러면 안 되는데……."

제갈연은 안절부절못하는 얼굴로 그들의 움직임을 주시했다.

그러나 선택의 시간이 다가오는 것은 그리 오래 걸리지 않았다.

기어이 모용기가 있는 동굴 앞으로 다가선 조문홍이 안으로 들어서려는 순간.

제갈연이 입술을 꼭 깨물고 자신의 검을 뽑아 들었다.

어떻게든 그들을 막아설 심산이었다.

제갈연이 자리에서 벌떡 일어서며 그들을 향해 검을 겨누었다.

"이 마두들! 내가 상대……."

그 순간 처참한 비명이 터져 나오며 피분수가 치솟아 올랐다.

"악!"

멍청한 얼굴을 하던 제갈연이 이내 고개를 휘휘 젓고는 안력을 돋웠다.

조문홍의 잘려져 나간 팔에서 피가 줄줄 흘러내리는 가운데 어느새 모습을 드러낸 모용기가 새파랗게 질린 조문홍과 당황한 기색이 역력한 위일청을 쳐다보며 히죽 웃음을 보였다.

"지긋지긋한 늙은이들. 이번에는 내가 꼭 끝을 보고 만다."

"악!"

급한 성미를 대변하듯 위일청보다 한발 앞서 동굴 안으로 들어섰던 조문홍이 피분수를 뿌리며 튕겨져 나왔다.

예상치 못한 상황에 위일청이 당황한 얼굴을 했다.

"이, 이게 무슨……!"

그 때 뚜벅뚜벅 발걸음 소리가 들리더니 모용기가 모습을 드러내며 히죽 웃음을 보였다.

"뭐긴 뭐야? 나 죽이러 온 거 아니었어? 그럼 영감들도 죽을 각오를 했어야지."

"네, 네놈이 어떻게…… 네놈은 분명……."

"아, 아. 남의 속사정까진 알 거 없고. 말하기도 귀찮으니까. 그냥 죽…… 어라?"

그 순간 작은 인영이 한순간에 위일청을 낚아채더니 순식간에 거리를 벌리며 멀어져 갔다.

어느새 혈을 짚어 지혈을 마친 조문홍이 재빨리 움직인 것이다.

멀어져 가는 그들의 뒷모습을 쳐다보며 모용기가 목을 뚝뚝 꺾었다.

"술래잡기 한번 해 보자는 건데……."

그리고는 바닥을 콕 찍었다.

순식간에 두 사람의 앞을 막아서며 모습을 드러내는 모용기.

그를 확인한 조문홍이 급하게 신형을 멈춰 세웠다.

"어, 어떻……."

"그게 내가 제일 잘하는 거거든."

모용기가 헤실거리는 얼굴로 휙 검을 그었다.

조문홍이 기겁을 하며 허리를 숙였다.

"으헉!"

"악!"

그 대가는 위일청이었다.

조문홍처럼 빠르게 반응하지 못했던 위일청은 가슴이 쩍 갈라진 채 피분수를 뿌리며 튕겨져 나갔다.

조문홍이 당황한 얼굴로 위일청을 돌아봤다.

"어? 이, 일청……."

그러나 모용기가 솟구치듯 불쑥 모습을 드러내더니 조문홍의 시야를 방해했다.

"지금 저기 걱정할 때야? 영감 걱정이 먼저 아닐까?"

"어? 너…… 그게……."

조문홍이 주춤거리며 물러섰다.

조문홍이 멀어진 만큼 모용기가 거리를 좁혔다.

그리고는 검을 휙 그었다.

"헉!"

조문홍이 급하게 몸을 틀었다.

워낙 거리가 가까운 탓에 이번에는 제대로 피해 내지 못한 듯, 단정하게 묶어 뒀던 머리카락이 팟하고 폭발하듯 사방으로 휘날렸다.

시야를 가리며 흘러내리는 머리카락을 급하게 걷어 내는 조문홍을 쳐다보며 모용기가 이번에도 히죽 웃으며 다시 검을 들었다.

"역시 감이 좋다니까. 또 한 번…… 에이 씨!"

한순간 모용기가 얼굴을 찌푸리며 검을 틀었다.

"이 영감이 미쳤나?"

그와 동시에 어딘가를 향해 슬금슬금 움직이던 위일청이 그 자리에서 푹 꺼지듯 내려앉았다.

"악!"

두 다리가 잘려 나간 채 처참한 몰골로 바닥을 구르는 위일청을 확인한 조문흥이 비명을 지르듯 소리쳤다.

"이, 일청아!"

그러나 모용기는 조금의 자비도 없었다.

짜증난다는 얼굴로 조문흥을 향해 검을 획 그었다.

"닥쳐! 시끄러워 죽겠네."

"악!"

조문흥 역시 그 자리에 푹 내려앉았다.

위일청과 마찬가지로 두 다리가 잘려 나간 것이다.

평소라면 반항이라도 해 볼 테지만 위일청에게 정신이 팔려 제대로 반응조차 못 한 것이다.

"어? 어?"

제 의지대로 움직여야 할 두 다리가 아무렇게나 널브러져 있었다.

한쪽 팔은 이미 보이지도 않는 곳에서 뒹굴고 있을 것이다.

그 상황을 받아들이기가 어려웠던 조문흥이 고통조차 잊은 채 넋이 나간 얼굴을 했다.

심지어 모용기가 자신의 바로 앞에 바짝 다가섬에도 아무런 반응을 보이지 못했다.

그런 조문흥의 모습에 모용기가 흥이 식었다는 얼굴을 했다.

"재미없게. 예전처럼 독기도 좀 세우고 그럴 것이지."

그러나 조문흥은 여전히 반응이 없었다.

모용기가 쩝하고 입맛을 다시더니 가볍게 검을 그었다.

서걱하는 소리와 함께 조문흥의 목이 툭 떨어지더니 피분수가 터져 나왔다.

그러나 모용기는 그것을 피할 생각조차 하지 않았다.

그것이 자신을 침범할 수 없다는 것을 이미 알고 있기 때문이다.

그리고 그의 생각대로 무섭게 치솟아 오르던 피분수는 무언가 보이지 않는 막에 막힌 듯 모용기를 침범하지 못하고 스르륵 흘러내렸다.

모용기가 별다른 감흥이 없다는 얼굴로 목소리를 냈다.

"하나는 끝났고……."

아직 하나가 더 남았다.

모용기가 바닥을 콕 찍었다.

불쑥 제 앞에 모습을 드러내는 모용기를 확인한 위일청이 흠칫 몸을 떨더니 이내 독기를 내뿜었다.

"네놈이 이러고도 무사할 성싶으냐!"

모용기가 기대했던 모습이었다.

그러나 한번 식은 흥을 쉽게 되돌릴 수는 없었다.

"그건 영감이 걱정할 바가 아니고."

모용기가 이번에도 가볍게 검을 휙 그었다.

그 결과 역시 이전과 똑같았다.

툭 떨어져 내리는 위일청의 수급과 분수처럼 솟구치는 핏물은 조금도 모용기를 침범하지 못하고 힘없이 흘러내렸다.

그 모습을 물끄러미 쳐다보고 있던 모용기가 어딘가 힘이 빠진 것 같은 얼굴을 했다.

"이 영감들 죽이면 통쾌할 줄 알았더니, 꼭 그런 것만도 아니네."

회귀 전에 수많은 형제들의 목숨을 빼앗아 간 낙류장의 이마였다.

그들을 떠올리면 자다가도 벌떡 일어날 정도로 치가 떨렸다.

원하던 것을 비로소 이뤄 냈지만 원하는 기쁨이 찾아오지 않았다.

잠시 감회에 젖어 있던 모용기는 이내 고개를 저어 그것을 털어 냈다.

"내가 지금 배부른 소리를 할 때가 아니고."

그리고는 어딘가로 시선을 향하더니 부드럽게 풀린 얼굴로 바닥을 콕 찍었다.

순식간에 제갈연의 앞에 모습을 드러낸 모용기가 히죽 웃으며 말했다.

"여기서 뭐 해?"

"엄마야!"

제갈연이 화들짝 놀라더니 엉덩방아를 찧었다.

제갈연이 울상을 하며 엉덩이를 문질렀다.

제법 통증이 느껴졌던지 눈물까지 찔끔 흘렸다.

"아야야!"

"뭘 그렇게 놀라?"

픽 웃으며 말하는 모용기를 쳐다보며 제갈연이 눈을 흘겼다.

"그럼 안 놀라게 생겼어요? 갑자기 튀어나와서는……."

"그러게 누가 넋 놓고 있으래? 정신 못 차리니까 그런 꼴을 당하는 거지."

모용기가 그렇게 말하며 손을 내밀었다.

잠깐 망설이는 얼굴을 하던 제갈연이 곧 조심스레 제 손을 내밀어 모용기의 손을 잡았다.

"웃차! 어라? 근데 너 생각보다 무게가 꽤 나가네?"

"무, 무슨! 그건 긴장을 해서……."

"에이, 뭐 어때? 예쁘기만 하면 됐지. 신경 쓰지 마."

"지금 그걸 말이라고…… 자기가 신경 쓰게 해 놓고……."

제갈연이 입술을 삐죽거렸다.

그러나 지금은 그럴 때가 아니라는 것을 오래지 않아 알아차릴 수 있었다.

제갈연이 고개를 휘휘 저어 잡념을 날리고는 모용기를 쳐다보며 말했다.

"그보다 어떻게 된 거에요?"

"응? 뭐가?"

"내력 말이에요. 분명히 다 잃은 걸로 알고 있는데 그게 벌써 다 돌아왔다고요?"

"그러려고 백 년 하수오 먹었잖아?"

"그러니까 그게 말이 되냐고요. 고작 백 년 하수오로……그보다 오래 걸릴 것 같다고 말하더니……."

"나도 그럴 줄 알았는데 생각보다 쉽더라고. 심맥이 멀쩡해서 그런가? 금방 끝나던데? 한 이틀? 사흘? 그 정도 하니까 끝나더라고. 괜히 겁먹었어. 진작 할걸."

이미 한번 가 본 길이었다.

한번 갔던 길을 되짚는 것은 원래 그리 어려운 일이 아니다.

다만 길이 험해 고생할 거라 예상했던 것인데, 단단히 단련되어 있는 상태로 망가지지 않은 심맥이 그것을 피해 가도록 만든 것이다.

그 때 제갈연이 눈매를 가늘게 좁히며 모용기를 쳐다봤다.

"이삼일이라고요?"

"그래. 뭐가 잘못됐어? 왜 그런 눈으로……."

"그걸 몰라서 그래요? 그럼 빨리 나와서 저 영감들 처리했어야 될 거 아니에요? 내가 얼마나 고생을 했는데."

제갈연이 억울하다는 얼굴로 모용기를 쳐다봤다.

모용기가 어색하게 웃으며 머리를 긁적였다.

"그게…… 하다 보니까 욕심이 생겨서 남은 한 방울까지 쪽쪽 빨아먹으려다 보니까. 너도 생각해 봐. 내가 가진 영약이라고는 백 년 하수오 하나가 전부인데 그걸 허투루 날릴 수는 없는 거잖아. 먹을 수 있을 때 다 먹어야지. 이런 기회 또 없다고."

"그럼 언질이라도 줬어야 할 거 아니에요? 내가 약속 지키려고 얼마나 고생을 했는데."

"그랬어? 어째 얼굴이 초췌해 보이더라니…… 미안. 근데 나도 어쩔 수 없었어. 성급하게 움직이다가는 다 날아가 버린다는 거 너도 잘 알잖아?"

"그렇긴 하지만……."

제갈연은 여전히 불만스럽다는 얼굴을 했다.

모용기가 히죽 웃으며 제갈연의 손을 잡아끌었다.

"얼른 가자. 이러고 있을 시간 없다고. 다른 녀석들 찾아봐야지."

모용기의 말에 그제야 친구들을 떠올렸다는 듯 제갈연이 손뼉을 짝하고 쳤다.

"아, 맞다! 지금 이러고 있을 때가 아닌데. 근데 어디를 먼저 가야 하죠? 사방으로 흩어져서……."

제갈연이 갈피를 못 잡겠다는 얼굴을 했다.

그러나 이미 답을 알고 있던 모용기는 어디론가 시선을 돌리며 짧게 대꾸했다.

"남경."

"남경이요?"

"그래. 어디로 어떻게 갔든 놈들에게 잡혔다면 결국은 거기로 모이게 될 테니까."

"그걸 어떻게……."

"일단 가자. 가면서 얘기해 줄 테니까. 이러고 있을 시간 없다고."

모용기가 제갈연의 손을 잡아끌었다.

당황한 얼굴을 하던 제갈연은 이내 고개를 휘휘 저으며 모용기의 손에서 자신의 손을 뺐다.

"자, 잠깐…… 잠깐만요."

"왜?"

모용기가 자신을 돌아보자 제갈연이 조문홍과 위일청의 시선을 힐끔거리며 말했다.

"저대로 두고 가도 돼요? 그래도 묻어 주기라도 하는 게……."

조금은 신경이 쓰였던 탓이다.

그러나 모용기는 냉정한 얼굴로 고개를 저었다.

"내버려 둬. 평생 남의 피를 빨고 살을 씹으며 제 배를 불렀던 인간들이야. 동정해 줄 가치도 없어. 신경 쓰지 마."

"그래도 산짐승들이 가만두지 않을 텐데……."

"그것도 괜찮네. 비록 짐승이긴 하지만 제 한 몸 희생해서 난생처음으로 남의 배를 불려 주는 것이 될 테니까. 그러니까 신경 꺼. 그보다 얼른 가자. 너무 늦으면 다른 녀석들한테 진짜 곤란한 일이 생길지도 모른다고."

"곤란한 일이요?"

"그래. 쓸모가 있으니까 죽이지는 않을 것 같은데, 그렇다고 마냥 내버려 둔다는 보장이 없어서 말이지. 그러니까 얼른 가자."

모용기의 말에 제갈연이 그제야 위일청과 조문홍에게서 미련을 버렸다.

"뭐 해요? 얼른 가요."

이제는 오히려 자신을 재촉하는 제갈연의 모습에 모용기가 픽 웃음을 흘렸다.

그리고는 먼저 앞서서 걸음을 옮기려는데 제갈연이 재차 목소리를 내며 의문을 표했다.

"그런데……."

"왜? 또 무슨 문제 있어?"

"그게…… 공자는 남경이라고 어떻게 그렇게 확신을 하는 거죠? 생각해 보면 예전부터 그랬던 것 같아요. 혹시 공

181

자는 저들이 누군지 알고 있는 거예요?"

제갈연이 의심스럽다는 얼굴로 눈매를 가늘게 좁혔다.

그 모습이 귀여워 저도 모르게 웃음을 보이던 모용기는 이내 고개를 저으며 얼굴을 고쳤다.

"너도 이제 알 때가 됐나? 진작 말해 주고 싶었지만 그럴 기회가 없어서⋯⋯."

계속해서 알 수 없는 말을 하는 모용기였다.

제갈연의 호기심이 점점 더 깊어져 갔다.

"알다니요? 뭘요?"

호기심으로 반짝이는 그녀의 눈동자를 마주한 모용기가 희미하게 미소를 보였다.

그리고는 다시 그녀의 손목을 잡아끌었다.

"가자. 가면서 말해 줄 테니까. 내가 아무리 무덤덤하다고 해도 시체들 옆에 두고 그런 걸 말할 생각은 들지 않는다고."

참룡
회귀록

斬龍回歸錄

참룡회귀록

斬龍回歸鑭

81 章.

밤이 깊었다.

겨울의 밤은 그 흔한 새소리나 곤충소리도 들리지 않을 정도로 적막하긴 하지만 모용기와 제갈연을 둘러싼 침묵은 정도가 심하다 싶을 정도였다.

작은 동굴 앞에 자리 잡은 제갈연은 말문을 잃은 표정으로 멍청한 얼굴을 한 채 모용기를 쳐다보고 있었고, 이미 제 말을 다 꺼내 놓은 모용기는 모닥불만 뒤적거릴 뿐이었다.

모용기가 문득 픽 웃음을 흘렸다.

'그러고 보니까 명진이나 무한이도 딱 저런 얼굴이었는데……'

제갈연은 명진이나 철무한과 똑같은 반응을 보이고 있었다.

처음에는 황당하다는 얼굴을 하다가 이후에는 미친놈 쳐 다보듯 할 것이다.

모용기가 제갈연을 돌아보지도 않고 목소리를 냈다.

"나 안 미쳤으니까 그런 눈은 하지 말고."

모용기의 말에 눈매를 가늘게 좁히려던 제갈연이 흠칫 몸을 떨었다.

제갈연이 얼른 고개를 저으며 표정을 고쳤다.

"하지만 그건 누구라도 믿기가 어려운걸요. 공자 말대로 라면 20년이라는 시간을 건너뛰었다는 건데……."

"정확히는 23년."

"어쨌건요. 그게 말이 돼요? 그걸 나보고 믿으라고요?"

"그럼 어떡해? 그게 사실인데. 나 처음 만났을 때 기억 안 나?"

"공자를 처음 만났을 때……."

당연히 기억이 났다.

그 당시 모용기가 보인 강렬한 존재감은 꽤 시간이 지난 지금까지도 머릿속에 선명하게 남아 있었다.

그러나 제갈연은 고개를 저었다.

"그렇다고 해도 그것만으로 시간을 되돌렸다는 건……."

"누가 들으면 내가 되돌린 걸로 알겠다. 내가 그런 게 아 니라니까."

"자꾸 말 돌리지 말고요. 어쨌든 그것만으로 시간을 거슬러 왔다는 건 말이 안 된다고요."

"그럼 내 무공은 말이 되고? 내가 명진이나 무한이처럼 명가의 후손도 아니고 다 쓰러져 가는 집구석의 자식인데?"

"가끔 자질이 출중한······."

"내 자질이 명진이나 무한이보다 나아 보이니? 그 녀석들이 백년에 하나 나올까 말까 한 재능이라면 나는 길을 걷다가 발에 차이는 돌멩이 수준일 텐데?"

"무슨! 명진 도장이나 철 공자나 다 때리고 다니면서······."

"그거야 노친네들한테 하도 쥐어 터지고 살아서 그런 거고. 그리고 보니까 그것도 이상하지 않아? 내가 봉마곡을 알고 있었다는 거 의심해 본 적 없어?"

"어? 알고 있었어요?"

제갈연이 처음 알았다는 듯이 눈을 동그랗게 떴다.

모용기가 쩝하고 입맛을 다셨다.

"내가 말한 적이 없나?"

"예. 전 그냥 소화네 할아버지 따라서 들어간 걸로······."

"그건 그렇지. 근데 내가 거기서 배웠던 것도 사실이고. 처음 우리가 봉마곡에 갔을 때 좀 이상하지 않았어? 내가 노친네들 다 아는 것처럼 행동했던 것 말이야."

제갈연이 가만히 기억을 되짚었다.

확실히 어딘가 이상한 부분이 있긴 했었다.

제갈연이 떨떠름한 얼굴로 고개를 끄덕였다.

"그, 그렇긴 한데……."

"그렇긴 한데가 아니고 다 아니까 그런 거지. 내가 노친네들 얘기할 때 틀린 것 있었어? 다 맞았잖아. 다 겪어 봤으니까 그런 거야. 무공도거기서 배운 거고."

"무공…… 그러니까 더 말이 안 되죠. 우리도 거기서 몇 년을 배웠는데 차이가……."

"너희들 거기서 몇 명이나 부대꼈는데? 난 혼자였다고. 혼자서 노친네들 난리치는 거 다 받아 줬다니까. 그땐 무한이네 할배도 없었어. 소화 찾으러 간다고 나가서는 돌아오지 않아서. 진짜 죽는 줄 알았다니까. 그리고 너희들보다 23년이나 더 검을 잡았다고. 그 정도면 너희들이 날 따라잡겠다고 생각하는 것 자체가 건방진 거 아닐까? 경험 자체가 다른데."

제갈연은 어느 정도는 납득이 된다는 얼굴이었다.

그러나 완전히 수긍하는 듯한 인상은 아니었다.

여전히 의심이 남은 듯한, 의심이라기보다는 어딘가 겁을 먹은 듯한 얼굴의 제갈연이었다.

"사, 상대가 천자라구요?"

이 부분이 문제였다.

황제가 적이라 생각하니 눈앞이 깜깜해지는 듯한 기분이 든 것이다.

그러나 모용기는 심드렁한 얼굴이었다.

"천자는 무슨. 그놈도 사람 새끼야."

모용기의 말에 제갈연이 화들짝 놀란 얼굴을 했다.

제갈연이 얼른 주위를 휘휘 둘러보며 모용기를 향해 자중하라는 듯 손짓을 했다.

"아 쫌! 누가 들으면 어쩌려고요?"

"듣긴 누가 들어? 아무도 없는데. 그리고 내가뭐 틀린 말 했어? 황제도 사람 새끼야. 내가 칼질하다가 검기가 튀었는데 피 흘리는 건 똑같더라고."

"아 진짜! 그만하라고요! 진짜 큰일 난다고요."

"큰일은 이미 났고. 피한다고 피할 수 있는 게 아니라니까. 땅바닥에 고개 처박고 쥐 죽은 듯이 산다고 하면 받아줄 수도 있는데, 그럴 만한 문파가 강호에 몇이나 되겠어? 아, 너네 제갈세가는 그러더라."

모용기의 말에 제갈연이 얼굴을 찌푸렸다.

"무슨 그런 말을……."

"무슨 그런 말이 아니라 사실이야. 그것 때문에 너랑 너네 숙부님이 말도 안 되는 고초를 겪은 거니까. 그 와중에 너네 숙부님은 돌아가시고 너만 참룡대에 합류한 거고. 솔직히 네가 거기 출신만 아니었으면 제갈세가는 엎어도 몇 번은 더 엎었을 거야. 너 때문에 참고 있는 거라고."

모용기의 말에 제갈연이 당황한 얼굴을 했다.

"우, 우리 숙부님이요?"

"그렇다니까. 솔직히 네가 살아남은 것만으로도 기적에 가깝지. 그때 네 무공은 정말 별 볼 일 없었거든. 모르긴 몰라도 군사님이 너 살리려고 머리 터지도록 고민하셨을 거야."

모용기의 말에 제갈연이 입을 꾹 다물었다.

제 아비와 숙부의 성향을 정확히 파악하고 있는 제갈연이다.

황제가 본격적으로 모습을 드러낸다면 모용기의 말이 한 치도 틀리지 않을 것이라는 것을 어렵지 않게 알아차린 것이다.

제 아비와 숙부를 떠올리며 어두운 얼굴을 하던 제갈연이 이내 고개를 휘휘 젓고는 다시 모용기를 쳐다봤다.

"이제 어쩌죠?"

"어쩌긴, 일단 애들부터 찾아봐야지. 잘 도망쳤으면 다행인데 아니면 다 남경에 있을 테니까 그리로 가 봐야지."

"황궁이면 쉽지 않을 텐데……."

"그렇긴 한데 방법이 없잖아. 다른 녀석들을 그대로 내버려 둘 수도 없는 노릇이고. 뭐, 그래도 그 당시보다 지금이 더 강하니까 어떻게 되지 않을까? 그렇게 걱정하는 얼굴은 하지 말고."

음영이 짙어진 제갈연의 얼굴을 힐끔 쳐다본 모용기가 그렇게 말했다.

그러나 제갈연의 얼굴은 좀체 나아질 기미가 보이지 않았다.

모용기가 재차 입을 열었다.

"괜찮을 거라니까. 어떻게든 해 볼 테니까."

"그 노인……."

"응?"

자신을 쳐다보며 눈을 동그랗게 뜨는 모용기와 시선을 맞추며 제갈연이 말을 이었다.

"그 노인이요. 무당에서 봤던. 혹시 그가 누구인지 아세요?"

"아니, 모르는데?"

태연한 얼굴로 고개를 젓는 모용기의 모습에 제갈연이 얼굴을 찌푸렸다.

"무슨 말이에요? 그날 분명히 아는 척하는 걸 내 눈으로 봤는데. 아는 사람 맞잖아요."

"아는 사람이 맞긴…… 진짜 모른다니까. 그냥 딱 한 번 스치듯 본 게 다라고. 근데 내가 그 노인을 어떻게 알아?"

"스치듯이요? 어디서요?"

"그거야 황……."

무심코 대꾸하던 모용기가 아차하며 말을 끊었다.

그러나 제갈연은 이미 가늘게 눈을 뜨며 모용기를 쳐다
보고 있었다.

"역시…… 황궁의 고수가 맞는 거죠?"

"나도 모르지."

"계속 거짓말할 거예요?"

"진짜야. 나도 몰라. 황궁에서 보긴 했는데 싸운 게 아니
라서."

"싸우지 않았다고요?"

"그 영감이 나설 필요도 없었거든. 다른 놈한테 쥐어 터
져서……."

모용기가 천호를 떠올리며 얼굴을 찌푸렸다.

제갈연이 호기심 가득한 얼굴로 재차 질문했다.

"다른 놈이라면……?"

"있어, 그런 게. 그 자식은 신경 쓰지 마."

"아니, 공자를 이겼다는데 어떻게 신경을 안 써요?"

"그때 그 자식보다 지금의 내가 더 강할 것 같거든. 그러
니까 신경 안 써도 돼. 그보다 이제 그만 쉬어. 쉬는 것도 오
늘이 마지막이니까. 내일부터는 남경으로 달릴 거니까 한
동안 제대로 쉬지도 못할 거야. 그러니까 미리 쉬어 둬."

모용기가 동굴 안의 나뭇잎 더미를 향해 턱짓을 했다.

침상만큼 편안하진 않을 테지만 맨바닥보단 훨씬 나을
터였다.

제갈연이 모용기를 쳐다보며 말했다.

"공자는요?"

"나? 난 그냥 앉아서 자면 돼."

"앉아서요? 아니, 어떻게 앉아서 잠을……."

"그게 뭐 대수라고. 서서 자는 놈들도 엄청 많았는데."

"헐…… 그게 돼요?"

"급하면 다 하게 돼. 그보다 얼른 쉬라니까. 내일부터는 강행군이라고."

모용기의 재촉에도 제갈연은 자리에서 일어서지 않았다.

여전히 할 말이 남은 것이다.

그러나 말을 꺼내기가 쉽지 않은지 주저하는 모습이었다.

모용기가 그녀를 돌아봤다.

"왜? 할 말이 남았어?"

"그게……."

"얼른 해. 대답해 줄 테니까."

모용기가 부드럽게 말하자 제갈연이 그제야 고개를 끄덕였다.

"그게 뭐냐면…… 제가 공자를 이용하려고 따라다녔다는 생각은 안 해 봤어요? 저도 제갈인데……."

조심스러운 말에 모용기가 픽하며 웃음을 흘렸다.

"내가 예전에도 말했을 텐데? 필요하면 얼마든지 가져다 쓰라고."

"하지만 그건……."

"얼마든지 가져다 써. 넌 그래도 돼. 아니, 너만 그래도
돼."

목적지를 코앞에 둔 유진산은 차마 발걸음이 떨어지지
않는지 그 자리에 멈춰 섰다.

예전의 기억이 새록새록 떠오른 탓이다.

좋은 기억도 아닐뿐더러 차마 떠올리기도 싫은 악몽과도
같은 기억이라 발걸음은 더욱 떨어지지 않았다.

유진산이 한밤중에도 대낮과도 같이 환하게 밝혀진 남경
을 쳐다보며 착잡한 얼굴을 했다.

'두 번 다시 남경에 발을 딛지 않겠다고 했는데…….'

아무래도 그 맹세를 깨야만 할 것 같았다.

같은 비극을 두 번이나 되풀이할 수는 없기 때문이었다.

유진산이 입을 꾹 다물더니 바닥을 쿡 찍었다.

그와 동시에 그의 신형이 흐릿해지더니 단번에 남경의
성벽으로 접근했다.

제법 높이가 있었지만 단 한 번의 발길질만으로 성벽
위로 올라서는 것에 성공한 유진산은 흡사 안개에라도 둘
러싸인 듯 희미한 모습으로 성벽을 지키는 병사들 사이를

어렵지 않게 뚫고 지나갔다.

그리고 오래지 않아 내성을 마주한 유진산은 다시 한 번 멈칫하는 모양새였다.

정작 문제는 성벽이 높은 외성이 아니라 내성이었기 때문이다.

병사들의 수도 많았고 수준도 더 높았다.

촘촘히 깔려 있는 그들을 피해 가려면 제아무리 유진산이라도 제법 신경을 써야 했다.

게다가 내성에는 고수들도 즐비하다.

자칫 그들을 한꺼번에 마주하기라도 한다면 빠져나올 수 있다는 장담을 할 수 없었다.

'일단 한 바퀴 돌아봐야겠군.'

유진산이 여전히 안개에 둘러싸인 듯 흐릿한 모습으로 내성의 성벽을 따라가기 시작했다.

그나마 약한 곳을 찾아보려는 것이다.

그러나 황궁은 정말 쉽지가 않았다.

어디 하나 약한 부분이 보이지 않았던 것이다.

'조금 무리를 해야 하나?'

제 손녀에게 제 딸과 같은 일을 마주하게 할 수는 없었다.

이번만큼은 기필코 막을 생각이었다.

유진산이 한순간 그 자리에 멈춰 서며 크게 숨을 들이켰다.

그 순간 단전에서 심후한 내력이 용솟음치듯이 들끓어 올랐다.

가지고 있는 모든 것을 쏟아부을 생각이었던 것이다.

그러나 그러한 생각도 잠시.

어느덧 자신의 앞으로 모습을 드러낸 노인을 보며 유진산이 딱딱한 얼굴을 했다.

마치 원래부터 그 자리에 있었다는 듯한 모습의 노인.

무당에서 모용기를 마주한 바로 그 노인이었다.

유진산이 노인을 쳐다보며 한숨을 내쉬며 말했다.

"대장군. 이번에도 당신이었습니까?"

노인이 고개를 갸웃거렸다.

"또 나라니? 무슨 말이냐?"

"이제는 모르는 체하시는 겁니까? 대장군답지 않습니다."

유진산이 얼굴을 찌푸렸다.

그러나 노인은 여전히 모르겠다는 얼굴이었다.

"네가 무슨 말을 하는지 모르겠구나. 네 말대로 내가 무언가를 감추는 성격이 못 된다는 것은 네 녀석도 잘 알 터인데."

노인의 말에 유진산은 잠시 고민하는 얼굴을 했다.

그러나 곧 그의 말에 동의하듯 고개를 끄덕이는 유진산이었다.

"확실히…… 대장군은 그랬지요. 제 딸아이를 죽였다고 당당하게 말하셨던 분이니까요."

유진산의 목소리에 알게 모르게 날이 섰다.

그러나 노인은 여전히 표정의 변화가 없었다.

"복수할 기회를 거절한 것은 네놈이다."

"제가 대장군을 향해 검을 들었다면 순순히 받아들이실 생각은 있으셨습니까? 그랬다면 곤이 그 친구가 아직까지도 제 옆에 있었을 테지요."

"그래서 복수를 포기한 것인가? 죽음이 두려워서?"

노인의 말에 유진산이 눈썹을 꿈틀거렸다.

그의 심기가 어지럽혀진 것이다.

그러나 유진산은 이내 후하고 가볍게 호흡을 내뱉더니 고개를 저었다.

"이미 지난 일입니다. 이제 와서 그 일을 들춘다고 바뀌는 것은 없을 테니까. 하지만!"

유진산의 눈매가 날카로워지며 분위기가 일변했다.

기파가 주위로 흩뿌려지지 않았지만, 내보이는 기도만큼은 흡사 잘 벼려진 명검과도 같았다.

오히려 그 모습이 더 위협적이었다.

그러나 노인은 재미있다는 얼굴을 했다.

"도대체 무엇이냐? 무엇이 너를 이렇게 움직이도록 만들었느냐?"

"모르는 척하시는 겁니까? 모르시는 겁니까?"

"다시 말하지만 내가 감추는 것은 없다. 내가 무언가를 감추어서 이득을 볼 상황이 있다고 생각하는 것이냐?"

딱히 틀린 말은 아니었다.

그러나 유진산은 이미 끌어올린 기세를 흩트리지 않고 오히려 더 내력을 끌어올려 고조시키는 모양새였다.

노인은 픽 웃음을 흘리며 말했다.

"쓸데없는 짓은 그만두고 네가 궁을 찾은 용건이나 말하거라. 분명 네 입으로 두 번 다시 궁을 찾지 않을 것이라 하지 않았더냐?"

"그렇습니다."

"그런데 왜 마음이 변한 것이냐?"

"손녀를 찾으러 왔습니다."

"손녀?"

노인의 얼굴에 의문이 깃들었다.

그러나 유진산은 여전히 경계를 늦추지 않은 채 날이 선 얼굴을 유지했다.

"그 아이의 딸입니다. 이번에는 잃지 않을 겁니다."

유진산의 말에서 독기가 느껴졌다.

그것을 알아본 노인의 얼굴에 처음으로 변화가 드러났다.

노인이 조금은 씁쓸한 얼굴로 말했다.

"그 일은 실수였다. 네 성정을 알아보지 못하고 내가

경솔히 움직였었지."

"이번에는 다릅니다."

"안다. 하지만 이제는 그럴 필요가 없다. 네 녀석을 되돌리기엔 너무 늦었으니까."

"되돌리다니…… 무슨 말씀이십니까?"

유진산이 눈매를 가늘게 좁히며 질문했다.

그러나 노인은 순순히 의문을 풀어 줄 생각이 없었다.

"봉마진을 연구해 보았느냐?"

"그렇습니다."

"어디까지 들여다봤느냐?"

"제가 미흡해서 아직 겉핥기 수준밖에 되지 않습니다."

"그런가? 애초에 네게는 무리였나 보구나."

노인이 절레절레 고개를 저었다.

그럴수록 유진산의 두 눈에는 의혹이 깊어졌다.

그러나 노인은 유진산의 의문을 더는 풀어 줄 생각이 없는지 신형을 돌렸다.

"기다리거라. 네 손녀가 궁에 있다면 내가 찾아오겠다."

노인의 말에 유진산이 눈을 동그랗게 떴다.

"대장군……."

"내 잘못에 대한 사과라고 생각하거라. 그것으로 충분할지는 모르겠다만……."

그 말을 끝으로 노인의 신형이 흩어지듯 부서져 내렸다.

그 움직임 하나로 자신과 노인의 차이를 알아본 유진산이 한숨을 내쉬듯 중얼거렸다.

"여전히 엄두조차 못 내겠군."

군데군데 횃불로 밝혀져 어둡지는 않았지만 습기가 가득해 불쾌한 공간.

싸늘한 공기에도 끈적끈적하게 달라붙는 습기에 기분이 나쁘다는 얼굴을 하고 있던 철소화가 가부좌를 틀고 있는 임무일을 쳐다봤다.

철소화가 임무일을 툭 치며 말했다.

"오빠, 여기 좀 어떻게 해 봐. 나 너무 기분 나빠. 공기는 찬데 습기까지 가득해서 찬물에 빠져 있는 기분이라니까."

임무일이 얼굴을 찌푸리며 눈을 떴다.

"지금 내력을 움직이려고 용쓰고 있는 거 안 보이냐? 그러다가 잘못되기라도 하면 어쩌려고?"

"잘못되긴 무슨…… 어차피 산공독 때문에 내력을 움직이지도 못하는데."

"움직일 수 있는지 없는지를 네가 어떻게 알고? 내가 산공독을 몰아내고 내력을 움직이고 있는 중이면 어떻게 하려고?"

"오빠가 무슨 수로? 독에 능한 주형이 오빠면 또 몰라. 됐으니까 여기 좀 어떻게 해 봐. 기분 나빠 죽겠다니까."

철소화의 칭얼거림에 임무일이 얼굴을 찌푸렸다.

그러나 그와 별개로 방법이 없는 것은 자신도 마찬가지였다.

임무일이 고개를 저었다.

"나보고 어쩌라는 거냐? 갇혀 있는 건 나도 마찬가진데."

"어? 이대로 포기하는 거? 만금장의 대공자가 시도 한 번 안 해 보고 꼬리 내리는 거? 이거 숙부님께 말씀드리면 노발대발……."

"시끄러. 그것도 때와 장소가 있는 거지, 이 상황에서 나보고 어쩌라는 거냐? 그리고 지금 그깟 기분 좀 나쁜 게 대수냐? 제발 상황을 좀 보고 생각 좀 하라고."

봉마곡을 나선 후 만금장의 일을 살피며 좀 더 진중해졌다는 평가를 받던 임무일이었다.

그러나 지금은 예전의 경박하다 평가받았던 말버릇이 조금씩 섞여 나왔다.

그러나 그런 것에는 별다른 관심이 없던 철소화는 여전히 칭얼거리기 바빴다.

"그러지 말고 어떻게 좀 해 봐. 하다못해 저기 횃불이라도 하나 가져다 달라 해 보라고. 그 정도만 돼도 많이 나아질 것 같은데."

철소화가 계속 제 말만 하자 임무일이 얼굴을 찌푸렸다.

그리고는 한마디 하려는 찰나, 조희진이 손을 내밀어 둘 사이를 갈라놨다.

철소화가 조희진을 쳐다봤다.

"왜?"

"저기 누구 온다."

"누구……?"

조희진의 턱짓을 따라 철소화의 시선이 돌아갔다.

오래지 않아 발소리가 들리더니 궁의 복장을 입은 대여섯의 인물들이 모습을 드러냈다.

그중에서 앞선 무관이 철소화 등을 향해 횃불을 비추더니 조금은 볼품없어 보이는 노인, 왕식에게 말했다.

"이들입니다."

왕식이 멀뚱멀뚱 자신을 쳐다보고 있는 철소화 일행을 확인하고는 조금은 기분이 상한 듯한 얼굴을 했다.

"어째, 제 집 안방에라도 들어앉아 있는 듯한 얼굴들인데……."

그 점이 못마땅했던 것이다.

철소화 일행을 향해 횃불을 비추고 있던 무관이 바짝 긴장한 얼굴로 말했다.

"당장 시정을……!"

"되었다. 그보다 이 중에 패천성주의 핏줄이 있다고?"

"그렇습니다."

무관이 고개를 끄덕이더니 철소화 일행을 돌아보고는 정확히 철소화를 지목했다.

"너! 앞으로 나와."

명령조의 말투에 철소화가 얼굴을 찌푸렸다.

그리고는 자신들과 상대방들을 가로막고 있는 철창을 턱짓하며 목소리를 냈다.

"아저씨 눈에는 저 철창이 안 보여? 무슨 수로 앞으로 나오라는 거야?"

예상 밖의 반응에 무관이 조금은 당황한 얼굴을 했다.

"이, 이년이!"

"이년, 저년 하지 말고. 이래 봬도 우리 집에서는 귀한 딸내미 취급받는다고. 우리 아빠가 그 말 들었으면 아저씨 혓바닥을 뽑아 버렸을걸? 혓바닥이면 다행이게? 목을 안 따 버리면 다행이지."

철소화의 종알거림에 무관이 한결 더 당황스럽다는 반응을 보였다.

이런 경우는 처음이었기 때문이다.

잠시 할 말을 찾지 못해 우물쭈물하던 무관이 오래지 않아 얼굴을 시뻘겋게 물들였다.

"네, 네년이……!"

그러나 제 속을 드러내기도 전에 가녀린 팔이 그 앞을

막아섰다.

무관이 왕식을 향해 고개를 숙였다.

"제, 제독. 죄송합……."

"되었다. 그보다 재미있는 년이로고. 이 상황에서도 주눅이 들지 않다니. 자식을 보면 아비를 안다고, 패천성주라는 자가 제법인가 보구나."

왕식 딴에는 칭찬이라고 한 말이다.

그러나 철소화는 그런 것에는 관심이 없었다.

철소화가 순진한 얼굴로 고개를 갸웃거리며 말했다.

"그런데 할배."

"허…… 할배?"

왕식이 저도 모르게 헛웃음을 터트렸다.

그리고는 이번에도 팔을 내밀어 다시 앞으로 나서려는 무관을 제지하고는 철소화를 향해 목소리를 냈다.

"그래. 물어보고 싶은 것이 있느냐?"

"그러니까 불렀지. 근데 할배 목소리가 왜 그래? 할배 혹시……."

철소화가 왕식의 가녀린 목소리를 지적했다.

그리고는 그의 아랫도리를 힐끔거렸다.

그 몸짓의 의미는 명백했다.

잠시 왕식이 말문을 잃은 사이, 그를 안내한 무관이 아예 칼을 뽑아 들었다.

"이, 이년이! 죽고 싶은 것이냐! 감히 뉘 앞이……!"

"그만!"

이번에는 왕식의 목소리에 힘이 붙었다.

철소화에게 칼을 겨누던 무관이 흠칫 몸을 떨더니 바짝 긴장한 얼굴로 왕식을 돌아봤다.

무관이 생각할 것도 없다는 듯이 냉큼 허리를 숙였다.

"죄, 죄송……."

그러나 왕식은 여전히 무관에게 관심이 없었다.

대신 그의 손에서 횃불을 뺏어 든 왕식이 한 걸음 앞으로 나서더니 철창 안으로 횃불을 들이댔다.

철소화가 이전보다 더 환하게 철창 안을 밝힌 횃불을 잠시 쳐다보더니 왕식에게로 시선을 돌렸다.

"왜? 이건 뭐 하자는 건데?"

철소화의 질문에도 왕식은 아무런 대꾸가 없었다.

여전히 미소로 가득한 얼굴로 철소화의 얼굴을 눈에 담을 뿐이었다.

그러나 철소화는 그의 웃음이 이전과는 달리 위험하다고 느껴졌다.

그것을 알아본 것은 비단 철소화만이 아니었다.

조희진과 임무일이 얼른 철소화를 막아섰다.

혁련강 역시 긴장한 얼굴로 자리에서 일어섰다.

그러나 왕식의 시선은 여전히 철소화에게로 향해 있었다.

왕식이 웃음기가 가득한 얼굴로 비로소 목소리를 냈다.

"뭐 하자는 거냐고? 보면 모르겠나? 찢어 죽이기 전에 어떻게 생긴 년인지 얼굴이나 한번 보자는 것이지."

"뭐, 뭐?"

왕식의 살기가 가득한 말에 철소화가 당황한 얼굴을 했다.

그녀를 둘러싸고 있는 임무일, 혁련강, 조희진이 덩달아 긴장의 강도를 높이며 왕식을 노려봤다.

제법 살기를 내비치는 그들이었지만 칼끝에 선 것과도 같은 황궁 생활에 오랜 시간 익숙해진 왕식에게는 조금의 위협도 되지 못했다.

오히려 가소롭다는 듯이 피식 웃음을 보인 왕식이 그들을 향해 턱짓을 했다.

"죽이지만 않으면 된다. 알아서 하도록."

왕식의 말에 그를 둘러싸고 있던 무관들의 눈빛이 변했다.

조희진도 조희진이지만 철소화의 미모는 오랜 시간 군문에서 생활하며 부동심을 익힌 그들에게도 상당히 강렬한 유혹이었기 때문이다.

어느새 준비한 의자에 왕식이 엉덩이를 걸쳤다.

그리고는 팔짱을 끼며 재미있는 경극이라도 감상하려는 듯한 태도로 기대감을 내보였다.

그 기대에 부응하려는 듯 무관들이 하나둘씩 철창 앞으로 다가섰다.

임무일이 빠드득 이를 갈며 말했다.

"이러고도 네놈들이 무사할 줄 아느냐? 대체 우리가 누군지 알고!"

그러나 왕식은 그의 말에 관심도 없었다.

오히려 무관들의 등을 떠밀듯 재촉하는 말을 꺼내 들었다.

"언제까지 기다리게 할 건가?"

그와 동시에 무관들의 움직임이 조금 더 바빠졌다.

철소화가 딱딱하게 굳은 얼굴로 저들을 경계하는 혁련강과 임무일의 뒤에 숨은 채 당황한 얼굴을 하며 뾰족하게 목소리를 냈다.

"미, 미쳤어? 우리 아빠가 가만 안 둘 거라고!"

그러나 되돌아온 것은 음심으로 가득한 번들거리는 눈동자였다.

그리고 철컹하고 굵은 자물쇠가 열리는 소리가 들리는 순간.

임무일과 혁련강이 동시에 몸을 날렸다.

"마, 막아!"

맨몸으로라도 저들을 막아 보려는 속셈이었다.

그러나 철퍽 소리가 나더니 무언가가 그들을 확 덮쳐 왔다.

차마 피하지 못하고 그것을 그대로 뒤집어쓴 임무일이
당황한 얼굴을 했다.

"이, 이게 무슨…… 피?"

피가 두려운 것이 아니다.

그 피가 어디서 나온 것인지 알 수가 없어 당황스러움을
감추지 못하는 것이다.

그것은 혁련강 역시 마찬가지였다.

그러나 당장 중요한 것은 그것이 아니다.

임무일은 휘휘 고개를 젓더니 얼른 시선을 들었다.

그제야 임무일은 제 앞으로 다가서던 무사들이 흔적도
없이 사라진 것을 눈치 챌 수 있었다.

그리고 그곳에는 당황한 기색이 역력한 왕식과 낯선 노
인이 자리하고 있었다.

어느새 의자에서 일어선 왕식이 대뜸 바닥에 고개를 박
았다.

"대, 대장군!"

노인은 왕식에게 시선조차 주지 않았다.

그리고는 철창 앞으로 다가가 철창을 가볍게 뜯어냈다.

별다른 소음조차 내지 않고 뜯겨져 나간 철창에 임무일
이 두 눈을 동그랗게 떴다.

"대, 대체 어떻게……."

그러나 임무일 역시 그의 관심사가 아니었다.

혁련강과 임무일의 뒤에 있던 조희진과 철소화를 번갈아
가며 쳐다보던 노인은 결국 철소화에게 시선을 고정시켰
다.

"네가 진산의 손녀로구나."

"어?"

순간 철소화의 두 눈에 의문이 가득 채워졌다.

"우리 할아버지를 어떻게……."

처음 보는 노인의 입에서 제 외조부의 이름이 나오자 놀
랄 수밖에 없었던 게다.

그러나 철소화의 의문을 풀어 줄 생각이 없었던 것인지
노인은 여전히 덤덤한 얼굴로 고개를 까딱거릴 따름이었다.

"나와라. 네 할아비에게 데려다줄 테니."

그 말을 마지막으로 노인이 등을 돌려 버렸다.

여전히 얼떨떨한 얼굴을 하는 철소화의 손을 조희진이
잡아끌었다.

"일단 나가자."

"어? 어."

당장 중요한 것은 이곳을 빠져나가는 것이다.

그것을 뒤늦게 알아챈 철소화와 일행들이 냉큼 노인의
뒤를 따르려 할 때, 왕식이 노인의 앞을 가로막으며 목소리
를 냈다.

"대장군! 폐하의 일입니다!"

왕식의 말에 철소화와 임무일 등의 얼굴이 딱딱하게 굳어졌다.

비로소 상대가 누군지를 알아챈 것이다.

기껏해야 고관대작 정도로 생각했던 그들에게는 생각보다 더한 충격이었다.

자신들뿐만 아니라 패천성 전체가 나서도 상대가 불가능했다.

임무일이 입술을 질끈 깨물었다.

"제길."

노인의 무공이 아무리 고강하다 해도 당장 빠져나가기가 불가능하다는 것을 눈치 챘기 때문이다.

그것은 다른 이들 역시 마찬가지였다.

그러나 노인은 여전히 덤덤한 말투로 왕식의 말에 대꾸했다.

"그래서?"

"예? 그, 그게……."

의외의 반응에 왕식이 당황한 얼굴을 했다.

그러나 노인은 여전히 별다른 표정 변화 없이 다시금 말문을 열었다.

"내가 그런 것까지 신경 써야 하나? 무언가 착각하고 있는 것 같은데, 네놈은 내가 그놈의 보모라도 되는 걸로 생각한 건가?"

"대, 대장군!"

왕식이 두 눈을 부릅뜨며 목소리를 높였다.

천자에 대한 불경이다.

반역의 죄로 다스려도 별말이 나오지 않을 것이다.

그러나 노인은 귀찮다는 듯이 한 손을 휙 휘둘렀다.

그와 동시에 왕식의 다리에서 팟하고 핏물이 튀어 오르더니 이전과 같이 다시 바닥에 고개를 처박고 말았다.

"악!"

왕식이 바닥을 구르며 제 다리를 붙잡고 끙끙거렸다.

노인은 어느새 무표정한 얼굴을 회복하며 목소리를 냈다.

"그놈이 아끼는 놈이니 한 번은 더 봐주겠지만, 다음은 없다."

그리고는 다시 철소화를 돌아보며 고개를 까딱거렸다.

"따라와라."

노인의 감정이 깃들지 않은 눈동자를 마주한 철소화가 움찔 몸을 떨더니 저도 모르게 침을 꿀꺽 삼켰다.

노인이 다시금 시선을 돌리자 철소화가 조희진에게 딱 달라붙으며 소곤거렸다.

"진짜 살 떨리네."

"할아버지!"

유진산을 만난 철소화가 반색을 하며 안겨 들었다.

철소화는 아직 젖살이 완전히 빠지지 않은 토실토실한 얼굴이었지만 자신과 헤어질 때보다는 턱 선이 더 많이 드러나 있었다.

그것을 본 유진산이 안쓰럽다는 얼굴로 철소화의 머리를 쓰다듬었다.

"고생했다."

"고생은요. 그보다 어떻게 된 거예요? 할아버지가 여길 어떻게…… 아! 그보다 저분은…… 어? 어디 가셨지?"

어느새 모습을 감춘 노인이었다.

그가 있던 자리를 쳐다보던 철소화가 눈을 휘둥그레 떴다.

그것은 임무일을 비롯한 다른 이들 역시 마찬가지였다.

아무리 내력이 억제된 상태라 하더라도 바로 곁에 있는 사람의 기척을 놓칠 정도로 어수룩하지는 않기 때문이다.

철소화가 유진산을 쳐다보며 의문이 가득한 눈으로 말했다.

"할아버지, 그분은……."

철소화의 목소리에 임무일 등의 시선도 한꺼번에 유진산에게 몰려들었다.

그러나 유진산은 고개를 저을 뿐이었다.

"알 것 없다. 그보다 이게 대체 어떻게 된 일이냐? 네가 왜 황궁에 잡혀 왔어?"

"어? 그게 저도 잘……."

철소화가 난감하다는 얼굴로 고개를 저었다.

유진산이 황당하다는 얼굴을 했다.

"네가 모르면 누가 아느냐?"

그러나 철소화는 여전히 눈을 동그랗게 뜨고 제 외조부를 쳐다볼 뿐이었다.

여전히 아무것도 모른다는 얼굴에 유진산이 눈살을 찌푸렸다.

그리고는 임무일에게로 시선을 돌렸다.

"이게 대체 어찌 된 일이냐?"

그러나 영문을 모르는 것은 임무일 역시 마찬가지였다.

우물쭈물하는 그를 잠시 지켜보던 유진산이 혁련강, 조희진에게로 차례로 시선을 돌렸다.

그러나 돌아오는 것은 여전히 같은 반응이었다.

유진산이 못마땅하다는 얼굴로 쯧하고 혀를 찼다.

"앞으로 패천성을 이끌어 갈 녀석들이 이렇게 멍청해서야……."

"하지만 할아버지, 저도 왜 그런지는 잘……."

"되었다. 네 아비에게 알아보라고 하면 되겠지. 일단 가자.

213

꼴을 보니 제대로 쉬지도 못한 것 같은데 일단 좀 쉬자꾸나."

그 말을 끝으로 유진산이 바닥을 콕 찍었다.

제 손녀를 생각해서 제법 속도를 조절했지만 뒤따르는 기척이 없었다.

슬며시 시선을 돌린 유진산이 여전히 제자리에 머물러 있는 철소화 등을 확인하고는 냉큼 신형을 돌렸다.

유진산이 순식간에 철소화에게 다가서서는 얼굴을 찌푸리며 말했다.

"뭐 하고 있는 게냐? 냉큼 따라오지 않고."

"그, 그게 내력이……."

"내력?"

유진산이 고개를 갸웃거리더니 철소화의 손목을 낚아챘다.

"어디 좀 보자."

잠깐 기를 흘려 철소화의 상태를 짚어 보던 유진산이 얼굴을 찌푸렸다.

"산공독이로구나."

철소화가 고개를 끄덕였다.

"맞아요."

"이것 참 고약하구나. 궁에 구린내가 진동하는 줄은 일찍부터 알고 있었지만, 무뢰배들이나 쓸 만한 산공독이라니. 한심하구나, 한심해."

유진산이 어이가 없다는 얼굴로 고개를 절레절레 저었다.

그의 말에서 의아함을 느낀 철소화가 눈을 동그랗게 뜨며 질문했다.

"할아버지, 황궁을 아세요?"

"안다. 예전에 잠시 생활한 적이 있었지."

"할아버지가 황궁에서요?"

철소화가 눈을 동그랗게 떴다.

임무일 등도 마찬가지였다.

모두가 제 처지를 잊고 호기심이 가득한 얼굴로 유진산을 쳐다봤다.

그러나 유진산은 고개를 저을 뿐이었다.

"그 얘기는 나중에 하도록 하고, 일단 쉴 곳부터 찾도록 하자. 아, 그러고 보니 원종이 놈과 정순이가 남경에 있다 하던데……."

"아, 맞다! 단 씨 할아버지가 기아 오빠 할아버지한테 치료받는다고 남경에 왔을 거예요."

철소화의 말에 유진산이 짚이는 것이 있었던지 끙하고 앓는 소리를 냈다.

유진산이 조금은 어두운 얼굴로 철소화에게 질문했다.

"많이 안 좋아 보이더냐?"

"헤어질 땐 조금 그랬었는데, 그래도 기아 오빠 할아버지면 무슨 방법이 있을 거라고……."

"그런 일이 있었다면 냉큼 곡으로 돌아왔어야지. 기아 녀석 할아비가 누군지는 모르겠다만, 천하의 괴의도 겨우 명줄만 잡아 놓는 게 고작인 것을 그놈이 어떻게? 신의라도 된다면 모를까, 어림도 없을 게다."

"맞는데요."

"응? 뭐가 말이냐?"

"신의요."

철소화의 말이 유진산은 언뜻 이해가 가지 않는지 미간을 좁혔다.

"무슨 말이냐? 알아듣게 말해야지."

"그러니까 신의요."

"그러니까 신의가 왜?"

"아니, 그러니까 맞다니까요."

철소화가 여전히 똘망똘망한 눈으로 대꾸했다.

얼굴을 찌푸리는 유진산을 확인한 임무일이 철소화의 어깨를 짚으며 그녀의 말을 부연했다.

"그러니까 기아 녀석의 조부가 신의라는 말입니다. 알고 보니까 그 녀석 조부가 신의였다더군요."

임무일의 말에 그제야 상황을 이해한 유진산이 눈을 동그랗게 떴다.

"뭐? 그게 사실이냐?"

임무일이 고개를 끄덕였다.

"맞습니다. 기아 녀석 조부가 신의가 맞습니다."

"쿠, 쿨럭!"

잔영이 꾸역꾸역 피를 게워 내며 흙바닥을 아무렇게나 뒹굴었다.

그에 반해 담재선은 옷자락이 조금 찢어진 것 외에는 상처 하나 없이 깨끗한 모습이었다.

잔영이 핏물로 가득 찬 목구멍을 억지로 틔워 내며 독기가 가득한 목소리로 말했다.

"이, 이러고도…… 네놈이 무사할 성싶으냐?"

그러나 담재선은 무덤덤한 얼굴이었다.

"그렇지 않으면 내버려 둘 생각이었나?"

물론 그렇지 않았다.

자신이 담재선과 맞서기를 피하고 싶어 한다 해도 윗선에서는 어떻게든 그를 찾아내란 명을 내렸을 것이다.

그러나 잔영은 여전히 원독에 찬 눈으로 담재선을 노려봤다.

"네, 네놈도 고, 곱게 죽진 못할 것이다."

"그건 네놈이 걱정할 필요 없다. 애초에 네놈들과 엮였을 때부터 포기했었으니까."

"네, 네놈!"

"그만 가라. 곧 만날지도 모르겠군."

그 말을 끝으로 담재선이 일장을 내리쳤다.

퍽하고 박 터지는 소리가 들리더니 잔영이 동그랗게 몸을 말았다.

"컥!"

잔영이 한순간 두 눈을 부릅뜨더니 이내 스르륵 눈을 감았다.

마무리를 마친 담재선이 주위를 돌아봤다.

때마침 소무결과 당소문 역시 정리를 마친 참이었다.

여기저기 상처로 가득한 소무결과 당소문이 담재선 앞으로 다가서더니 양손을 모았다.

"도와주셔서 고맙습니다."

"감사합니다."

그러나 담재선은 어딘가 못마땅하다는 얼굴이었다.

담재선이 어둠 속에서도 흐릿하게 남은 몇 개의 흔적을 찾아내고는 한숨을 내쉬듯 말했다.

"깔끔하게 처리하지 못했군. 몇 놈을 놓쳤어."

담재선의 타박에 소무결이 머쓱한 얼굴을 했다.

당소문이 한 걸음 앞으로 나서며 대신 대꾸했다.

"죄송합니다. 저희들이 부족해서……."

"되었다. 조금 더 시간을 벌었으면 좋았겠지만, 이렇게 된 거 어쩔 수 없지. 단지 빠르냐 늦냐의 차이일 뿐, 어차피 언젠가는 마주해야 할 일이었으니까. 그보다 다른 녀석들은 어떻게 된 것이냐? 왜 너희들만 있는 것이지?"

이번에는 소무결이 한 걸음 앞으로 나서며 목소리를 냈다.

"그, 그게…… 저들을 따돌리려다 보니까 뿔뿔이 흩어지게 돼서……."

그의 말에 어렵지 않게 사정을 알아챈 담재선이 고개를 끄덕였다.

"나쁘지 않은 판단이었다. 제법 머리를 굴렸군."

그러나 그것은 담재선의 합류를 염두에 두지 않은 상황에서나 해당하는 일이었다.

지금 상황에서는 오히려 일이 더 곤란하게 꼬여 버렸다.

담재선이 꼬인 실타래를 풀어 보려 고민을 하는 사이.

당소문과 눈길을 맞추며 담재선의 눈치를 보던 소무결이 기어이 입을 열어 그의 상념을 끊어 냈다.

"저……."

"응? 왜 그러나?"

"그게…… 분명 그냥 가셨는데 어떻게 된 일인지……."

"아, 그것 말인가? 생각해 보니 갈 데가 없더군. 어디로 가도 저들이 따라붙을 것 같아서 말이야. 그럴 바엔 차라리 저들과 맞서는 게 더 낫다 싶더군. 그리고……."

"그리고?"

"설아가 사정을 하더군. 이대로 자네들을 내버려 둬서는 안 된다고. 사람이 은혜를 알아야 하는 법이라고. 그 말을 버틸 재간이 있어야 말이지."

담재선의 말에 소무결이 고개를 끄덕이며 말했다.

"어쨌건 감사합니다. 그런데 설아는……."

"설아는 걱정할 것 없다. 안전한 곳에 있으니까. 그보다 그 녀석은 어디에 있나?"

"그 녀석이라면, 기아 말씀이십니까?"

"그렇다."

담재선이 고개를 끄덕이자 소무결은 대답 대신 자신들이 걸어왔던 길을 되돌아봤다.

작은 몸짓으로도 충분히 알아들은 담재선이 소무결과 당소문을 쳐다보며 말했다.

"그 녀석에게는 내가 가 보도록 하지. 자네들은 가던 길을 가도록 해."

그리고는 소무결과 당소문이 채 대꾸하기도 전에 스르륵 흩어지듯 모습을 감춰 버리는 담재선이었다.

한순간 점처럼 멀어진 그의 뒷모습을 물끄러미 쳐다보던 소무결이 고개를 절레절레 저었다.

"어쩌 하나같이 다 괴물들이야. 그보다……."

소무결이 어딘가를 돌아보며 손짓을 했다.

"야, 이제 나와."

소무결의 목소리에 수풀 사이에서 석대림이 불쑥 몸을 일으키더니 쪼르르 달려왔다.

소무결과 당소문의 상태를 확인한 석대림이 당황한 얼굴을 했다.

"혀, 형님! 피! 피!"

"시끄러. 이게 왜 호들갑이야? 살짝 긁힌 것 가지고."

"이게 어딜 봐서 살짝 긁힌 거예요? 피가 주룩주룩 흐르는데."

"됐어. 침 바르면 나아. 그보다 얼른 가자. 얼른 가서 어르신들이든 명진이든 무한이든 다 데려와야지. 이러다가 진짜 다른 녀석들한테 일 생기겠다."

소무결의 말에 당소문이 고개를 끄덕였다.

그 둘을 멀뚱멀뚱 쳐다보던 석대림이 조심스런 얼굴로 말했다.

"저…… 그런데 잠은……."

소무결이 와락 얼굴을 구겼다.

"이 자식이 이 판국에 잠이 오냐? 걸으면서 자, 이 자식아!"

비칠거리는 걸음걸이로 안은희와 고민우의 뒤를 따르던

정주형이 더는 참지 못하겠다는 듯 그 자리에 털썩 주저앉았다.

"어우, 죽겠다."

안은희가 얼굴을 찌푸리며 뒤를 돌아봤다.

"야, 빨리 안 일어나?"

"죽겠다고 진짜. 난 이게 한계라니까."

"얼마나 걸었다고? 고작 그것 좀 움직였다고 뭘 그렇게 헉헉대? 사내놈이 비실비실해서는……."

정주형을 타박하는 안은희였다.

그러나 그녀의 행색 역시 좋은 편은 아니었다.

옷은 넝마가 되었다고 해도 좋을 정도였고, 군데군데 핏자국이 가득했다.

눈은 빨갛게 충혈된 데다 항상 발그레하고 볼록하게 솟아올라 보기 좋은 모습을 하고 있던 뺨은 숟가락으로 푹 파먹은 듯 꺼져 있었고 혈색조차 푸르스름했다.

지난 며칠간 제대로 먹지도, 쉬지도 못하고 적에게 쫓긴 결과였다.

몸 상태가 최악이라 해도 과언이 아닐 정도로 엉망이었다.

이제는 한계에 달할 시간이었다.

상대적으로 무공이 약한 정주형이 조금 더 일찍 반응했을 뿐 조금 더 시간이 지나면 고민우나 안은희 역시 마찬가지일 것이다.

그 사실을 어렵지 않게 알아챈 고민우가 둘을 돌아보며 말했다.

"아무래도 주형이 말대로 쉬다가 가는 것이 좋겠다."

"너까지 무슨 말을 하는 거야? 저들이 언제 쫓아올 줄 알고? 특히 그 할망구가 다시 쫓아오면 어떻게 하려고? 지금까지는 운 좋게 피해 다녔는데 혹시라도 마주치면 답도 없어. 지금은 최대한 거리를 벌려야······."

그러나 고민우는 고개를 저어 안은희의 말을 끊었다.

"그렇다고 계속 이대로 움직일 수만도 없잖아. 이미 몸 상태가 최악이라고. 그건 너도 알고 있을 거 아니야?"

"하지만 그 할망구가······."

"어차피 이대로는 얼마 가지도 못해. 그리고 무리하게 움직이다가 몸 상태가 진짜 바닥 쳤을 때 그 할망구를 만나기라도 하면 그건 더 곤란해. 차라리 조금이라도 회복하고 움직이는 게 더 나을 거 같다."

"하지만······."

안은희는 여전히 고집스런 얼굴로 반대의 의견을 내려 했다.

그 때 한숨을 돌린 정주형이 안은희를 쳐다보며 말했다.

"민우 말이 맞아. 이대로 움직인다고 그 할망구를 안 만난다는 보장은 없잖아? 그리고 조금 쉬다 움직인다고 그

223

할망구 만난다는 보장도 없고. 어차피 불확실한 것은 마찬가지야. 그럴 바엔 좀 쉬다 가자고. 민우 말대로 무리해서 움직이다가 그 할망구 만나면 진짜 반항도 못 해 본다고."

정주형의 말에 안은희가 입을 닫았다.

그리고는 정주형과 고민우를 번갈아 가며 쳐다보다가 밉지 않게 눈을 흘겼다.

"둘이 맨날 찰싹 들러붙어 다닌다고 나만 따돌린다 이거지?"

"아니, 그게 아니고……."

"됐어. 이제 나도 모르겠다. 그래 봐야 죽기밖에 더 하겠어?"

안은희가 그 자리에 풀썩 주저앉았다.

정주형이 토라진 것 같은 그녀의 모습에 난감하다는 눈으로 쳐다보고 있는데 고민우가 픽 웃음을 흘리고는 목소리를 냈다.

"둘 다 일어나. 일단 좀 움직이자."

정주형이 고민우를 쳐다봤다.

"왜? 쉬다가 가겠다며?"

"그렇다고 아무 데서나 쉴 수는 없잖아. 우리 여기 있다고 소문내는 것도 아니고. 적당히 몸을 숨길 만한 곳은 찾아봐야지."

"귀찮게 진짜……."

정주형이 얼굴을 찌푸리면서도 순순히 자리에서 일어섰다.

그것은 안은희 역시 마찬가지였다.

"민우 말대로 일단 쉴 곳부터 찾아보자."

그 때 희끄무레한 인영이 불쑥 솟구쳐 오르듯 모습을 드러내더니 짤랑짤랑한 교소를 터트리며 목소리를 냈다.

"굳이 그럴 필요 없다. 내가 푹 쉬게 해 줄 테니까."

월향이 불쑥 모습을 드러내자 정주형이 당황한 얼굴을 했다.

"엇? 할망구!"

월향이 미간을 좁히며 정주형의 말을 정정했다.

"누나."

"어딜 봐서. 아니, 그게 아니고…… 다 죽어 가는 늙은이가 걸음은 진짜 빠르네? 대체 뭘 처먹으면 그렇게 되는 거야? 아직 팔팔한 우리도 죽겠는데."

"이 빌어먹을 놈이!"

정주형의 말에 월향이 발끈한 얼굴을 했다.

그러나 그러기에는 조금 이른 감이 있었다.

아직 안은희가 남아 있었기 때문이다.

"그러게. 겉모습은 쭈글쭈글해도 속은 또 아닌가 봐? 대체 뭘 먹으면 저렇게 되는 거야? 영약을 들이부었나?"

"이 쥐방울만 한 것들이! 정말 죽고 싶으냐?"

월향이 살기를 드러내며 두 눈을 번들거렸다.

"그러니까 살려 달라면 살려 줄 거냐고. 그러지도 않을 거면서 말은."

안은희가 조금도 주눅 들지 않고 월향을 쏘아붙였다.

정주형이 안은희의 옆구리를 콕콕 찔렀다.

안은희가 얼굴을 찡그리며 정주형을 쳐다봤다.

"왜?"

"그래도 안 죽인다고 하지 않았어? 너무 자극하지는 말라고."

"네가 먼저 시작했잖아? 왜 나한테⋯⋯."

"야, 너랑 나랑은 다르지. 원래 이런 건 비교되는 사람이 할 때 더 열 받는 거라고. 넌 지금 상태가 안 좋은 데도 저 할망구보다 탱탱하잖아. 근데 네가 긁어 대면 저 할망구 진짜 속 터져 죽을걸? 아, 그것도 괜찮네. 계속 긁어 봐. 저 할망구 진짜 속 터져 죽을지도 모르⋯⋯ 으헉!"

말을 하던 정주형을 안은희가 급하게 밀쳐냈다.

그리고 그 순간 둘 사이로 길게 선이 그어졌다.

정주형이 와락 얼굴을 일그러트리며 월향을 쳐다봤다.

"이 할망구가 진짜! 안 볼 때 검기 날리는 건 너무 비겁하잖아!"

"안 보이는 데서 독 뿌리는 건 괜찮고? 그런 걸 두고 비겁하다 하지 말라지 않았나?"

"어? 그건……"

정주형이 할 말이 없는지 말꼬리를 흐렸다.

안은희가 대신 앞으로 나서며 월향의 말을 받았다.

"할망구는 나이가 많잖아? 먹을 대로 먹었으면 그 정도
는 이해해야지. 손자, 손녀 뻘인데 귀엽다 하고 넘어갈 수
도 있는 거 아냐? 내가 아는 할배, 할매들은 다 그러던데."

"이 썩을 년이…… 곱게 데려가려 했더니 네 무덤을 스
스로 파는구나. 딱 숨만 붙여 두겠다."

월향이 빠득빠득 이를 갈았다.

그 때 한 걸음 뒤에 있던 고민우가 정주형, 안은희와 어
깨를 나란히 하며 검을 뽑아 들었다.

"잡소리는 이제 그만하고."

고민우가 잠깐 월향을 노려보는가 싶더니 슬며시 시선을
돌려 안은희, 정주형과 차례로 눈을 맞췄다.

고민우가 다시 월향에게로 시선을 향하는 순간, 고민우
와 안은희가 동시에 검을 내리그었다.

"죽어!"

"꺼져!"

선명한 두 개의 검기가 열십자로 교차하며 월향을 향해
무섭게 날아들었다.

그러나 월향은 조금도 긴장한 기색을 보이지 않았다.

"흥!"

오히려 코웃음을 치며 자신의 하늘하늘한 연검을 치켜세
웠다.

연검이 빳빳하게 고개를 치켜들더니 두 개의 검기를 순
식간에 갈라 버렸다.

콰콰쾅!

사방으로 튀어 나간 검기가 폭음을 일으키며 흙먼지를
불러일으켰다.

자신이 만들어 낸 결과물에 뿌듯해할 새도 없이 순식간
에 흩어지는 세 개의 그림자에 월향이 픽 웃음을 흘렸다.

"도망갈 수 있을 것 같으냐?"

월향이 말을 끝내기가 무섭게 사방에서 폭음이 터져 나
왔다.

그리고는 낭패한 기색으로 제자리로 몰려드는 세 개의
인영.

그중 정주형이 와락 얼굴을 구기며 욕설을 뱉어 냈다.

"제길! 저것들은 또 언제 접근했대?"

사방을 자욱하게 물들이며 시야를 가리던 흙먼지가 걷어
지자 이십여 명의 검은 인영이 모습을 드러냈다.

월향이 이전처럼 짤랑짤랑한 교소를 터트리며 셋의 시선
을 잡아끌었다.

"그러니까 힘 빼지 말고 순순히 항복하라니까. 어차피
빠져나가지도 못할 거 쓸데없이 힘 뺄 이유가 없지 않나?

약속한 대로 숨은 붙여 두지."

정주형이 눈을 번들거리는 그녀의 모습에 난감하다는 눈으로 고민우를 쳐다봤다.

그러나 당장 해결책을 찾기가 어려운 것은 고민우 역시 마찬가지였다.

고민우마저 딱딱한 얼굴로 월향을 쳐다보기만 하고 있을 때 이번에도 먼저 나선 것은 안은희였다.

안은희가 제 검으로 월향을 가리키며 살기를 뿌렸다.

"죽으면 죽었지 그딴 꼴을 당하라고? 됐거든요. 닥치고 덤비기나 해."

고민우와 정주형이 당황한 얼굴로 그녀의 뒷모습을 쳐다보다 버릇처럼 순간적으로 눈을 마주치고는 동시에 픽 웃음을 흘렸다.

고민우가 먼저 제 검을 들어 올리며 안은희와 어깨를 나란히 했다.

"이거 매번 여자보다 밀려서야. 체면이 말이 아니네."

정주형 역시 손가락 사이사이에 독주머니를 끼우며 소매를 길게 늘어트렸다.

"그러게. 은희가 은근 강단이 있다니까."

그리고는 동시에 살기를 흘리며 월향을 노려봤다.

그러나 월향은 오히려 귀엽다는 투로 셋의 살기를 피하지 않고 정면으로 받아 내며 말했다.

"그러지 말고 순순히 무기 내려놓지? 날도 추운데 괜히 땀 빼면 감기에 걸릴지도 모르지 않겠느냐? 숨은 붙여 줄 테니까 순순히……."

그 때 멀리서 앳된 목소리가 들려오며 월향의 말을 잘랐다.

"남의 숨 걱정하지 말고 할망구 모가지 걱정이나 해야 하지 않을까?"

"누구냐!"

월향이 순식간에 얼굴을 굳히더니 시선을 돌렸다.

고민우와 정주형, 안은희 역시 팽팽히 당겨졌던 살기를 누그러트리며 어리둥절한 얼굴로 시선을 돌렸다.

그리고 앳된 목소리의 주인공을 가장 먼저 확인한 고민우가 눈을 동그랗게 떴다.

"너!"

"어? 하유선?"

"쟤가 여길 어떻게……."

그들의 시선을 한 몸에 받아 낸 하유선이 헤실거리는 얼굴로 손을 흔들었다.

"오랜만!"

고민우가 황당하다는 얼굴을 했다.

"아니, 네가 여길 어떻게…… 아니, 그보다 지금 그럴 때 가……!"

그 순간 사방에서 가슴에 신무문의 표식을 박은 수십 명의 무사가 모습을 드러냈다.

그리고 그 선두에 선 오광이 잔뜩 날이 선 눈으로 월향을 향해 살기를 쏟아냈다.

예상치 못한 사태에 월향이 당황한 얼굴을 했다.

월향이 얼른 얼굴을 고치며 오광을 향해 잔뜩 날이 선 목소리를 쏟아냈다.

"네놈들은 대체 누구냐!"

그러나 이번에도 앞으로 나선 것은 하유선이었다.

하유선이 오광의 옆으로 다가서며 혜실거리는 얼굴로 말했다.

"상대를 알고 싶으면 자신이 누군지 먼저 밝혀야 하는 게 예의 아닌가? 쭈글쭈글한 피부 보니까 나이도 제법 많은 것 같은데, 그냥 헛먹은 거야?"

안은희 못지않게 남의 속을 긁을 줄 아는 하유선이다.

월향이 빨갛게 달아오른 얼굴로 검을 부들부들 떨었다.

"네, 네 이년! 네년이 그러고도 무사할 줄 아느냐?"

"내 걱정보다 할망구 걱정이 먼저 아닐까? 아, 참고로 나도 숨은 붙여 놓을게. 할망구한테 물어볼 게 아주 많으니까."

"이 빌어먹을 년이!"

월향이 고민우와 안은희가 그랬듯 자신의 검을 휙 그었다.

231

날카로운 검기가 쭉 뻗어 나오자 오광이 자신의 검을 들고 한 걸음 앞으로 나섰다.

쾅!

"큭!"

귀를 먹먹하게 하는 폭음이 터져 나오더니 오광이 얼굴을 찌푸리며 두어 걸음 물러섰다.

확실히 자신보다 윗줄의 고수였다.

그러나 오광은 조금도 주눅이 든 얼굴을 보이지 않았다.

오광이 주위를 두르고 있는 수십 명의 신무문도들을 한 차례 휙 돌아보고는 자신의 검 끝을 월향을 향해 가리켰다.

"잡아."

그와 동시에 신무문도들이 한꺼번에 그 자리에서 튀어 올랐다.

오광이 홀깃 하유선을 돌아보자 그녀가 고개를 까딱거렸다.

"숨만 붙여 둬요."

"알겠습니다."

오광이 그 말을 끝으로 먼저 뛰쳐나간 신무문도들과 순식간에 한 덩어리가 되어 월향을 노렸다.

쾅!

참룡
회귀록

斬
龍
回
歸
錄

82 章.

월향이 남긴 핏자국을 쳐다보며 정주형이 얼굴을 찌푸렸다.

"제길. 할망구가 진짜 빠르네. 이번에 죽였어야 했는데……."

"그러게 말이야. 그 할망구 보통이 아니라 기회가 왔을 때 잡았어야 했는데."

안은희 역시 정주형과 마찬가지로 아쉽다는 얼굴이었다.

고민우가 둘 사이로 끼어들며 고개를 저었다.

"이미 지난 일 더 신경 쓸 것 없어. 기회가 또 오겠지. 그보다……."

고민우가 멀리 시선을 돌려 제법 상처를 입은 듯한 오광을 돌보고 있는 하유선을 쳐다봤다.

고민우의 시선을 따라간 정주형이 하유선을 확인하고는 쩝하고 입맛을 다셨다.

"이거 참 난감하네."

하유선은 아직도 껄끄러운 존재였다.

그것은 정주형만이 아니었다.

안은희 역시 조금은 머쓱한 얼굴로 하유선을 쳐다봤다.

그러나 고민우가 고개를 저으며 앞으로 나섰다.

"일단은 도움을 받은 것은 사실이니까. 그리고 어차피 신무문을 방문할 생각이기도 했고. 언제까지 데면데면하게 굴 수는 없지."

고민우가 그들에게 다가가자 하유선이 시선을 들었다.

"왜?"

하유선은 별다른 기대가 없는 얼굴이었다.

고민우는 대꾸 대신 고개를 저으며 정주형을 불렀다.

"주형아, 오 총관 좀 살펴봐. 상처가 제법 심한 것 같으니까."

"어? 그, 그래."

정주형이 쭈뼛거리며 다가오더니 하유선을 대신해 오광을 살폈다.

거칠어진 손길에 오광이 얼굴을 찌푸렸지만 정주형은 망설임이 없었다.

상처를 헤집어 정도를 가늠해 본 정주형이 고개를 끄덕였다.

"걱정할 것 없겠어. 다행히 혈맥도 상하지 않았고, 금방 나을 거야."

정주형의 말에 하유선이 안도의 한숨을 내쉬었다.

"다행이다."

그 때 고민우가 하유선을 쳐다보며 목소리를 냈다.

"고맙다."

"어?"

고민우의 말에 하유선이 의외라는 얼굴로 눈을 동그랗게 떴다.

고민우가 고개를 저었다.

"그런 얼굴 할 필요는 없어. 과거는 과거고 지금은 지금이니까. 그보다 어떻게 된 거지? 네가 어떻게 알고?"

"아, 그게……."

멍청한 얼굴을 하고 있던 하유선이 얼른 고개를 젓고는 헤실거리며 말했다.

"네가 우리가 누군지 잊었나 본데, 우리 신무문이라고. 감춰진 이름은 하오문. 먼 곳도 아니고 광동에서 벌어지는 일을 우리가 놓칠 리가 있겠어? 시끌시끌하길래 나와 본 거야."

고민우가 그제야 납득을 한 얼굴로 고개를 끄덕였다.

그러나 아직 용건이 끝난 것은 아니었다.

"그보다 문주님은? 문주님은 같이 안 오셨나?"

"우리 엄마? 우리 엄마는 볼일이 있어서 패천성으로 가셨어."

"패천성? 그건 곤란한데……."

고민우가 생각한 대로 일이 풀리지 않자 얼굴을 찡그렸다. 그러나 하유선은 여전히 헤실거리는 얼굴이었다.

"왜? 다른 친구들 때문에 그래?"

"응? 그걸 네가 어떻게……."

"우리 하오문이라니까. 개방처럼 밖에서 벌어지는 일들을 낱낱이 알 수는 없어도 안에서 벌어지는 일은 우리가 더 낫다는 거 잊은 거야?"

"그래서 결론은?"

"뭐긴 뭐겠어? 패천성을 노리는 게 누군지 벌써 알아냈다는 거지. 우리 엄마는 성주님께 그걸 전하러 패천성에 간 거고."

하유선의 말에 정주형이 입을 헤벌렸다.

"진짜? 그게 누군데?"

하유선은 고개를 도리도리 저었다.

"그건 알려 줄 수 없고."

"왜?"

"이런 건 많이 알면 많이 알수록 좋을 게 없거든. 상대가 만만한 것도 아니고. 성주님께서 알아서 하시겠지. 우린 따라가기만 하면 되는 거니까."

정주형이 마음에 들지 않는다는 듯이 얼굴을 찡그렸다.

"치사하게……."

그 때 안은희가 정주형의 등을 짝하고 쳤다.

"앗! 따가워! 뭐 하는 거야?"

"몰라서 물어? 쟤 그만 괴롭히라고."

안은희는 여전히 하유선에 대한 경계심을 놓지 않은 눈치였다.

그 점이 조금 섭섭하기는 했지만 하유선은 얼른 고개를 저으며 말했다.

"그보다 우리도 얼른 움직이자. 우리도 얼른 패천성으로 가야 해. 이번엔 끝을 볼 것 같거든."

그러나 고민우가 고개를 저었다.

"그건 안 돼."

"응? 왜?"

"다른 녀석들도 저들에게 쫓기고 있거든. 그게 먼저야."

"다른 녀석들? 소화? 무일이?"

고민우가 대답 대신 고개를 끄덕였다.

하유선이 심각한 얼굴로 잠시 고민을 하는가 싶더니, 이내 고개를 가로저었다.

"그래도 패천성이 우선이야."

결론은 여전했다.

정주형이 얼굴을 찌푸리며 한마디 하려는 걸 고민우가

팔을 뻗어 제지했다.

그리고는 이번에도 자신이 나서며 말했다.

"무슨 의미지?"

"너도 생각해 봐. 우리가 걔네들 찾았을 때면 이미 늦었을지도 모를 일이라고. 헛수고야."

정주형이 더는 참지 못하고 자신을 가로막고 있는 고민우의 팔을 밀쳐내며 앞으로 나섰다.

"야! 그렇다고 그냥 내버려 두자고? 그걸 지금 말이라고……"

조금은 흥분한 기색을 보이는 정주형과 달리 하유선은 침착하기만 했다.

하유선이 고개를 저으며 말했다.

"적이 누군지 안다고 했잖아. 우리는 감당 못한다고. 그리고 내 판단에 소화나 무일이는 큰 문제는 없을 거야. 아직 뽑아 먹을 게 남았을 테니까."

확신에 찬 어조로 말하는 하유선의 모습에 정주형이 머쓱한 얼굴을 했다.

그 때 안은희가 한 걸음 나서며 질문했다.

"확신할 수 있어? 소화나 무일이한테 별다른 일이 없을 거라는 거?"

"그래."

하유선이 조금의 망설임도 없이 고개를 끄덕였다.

그 모습을 유심히 쳐다보던 안은희가 고개를 끄덕이며 정주형과 고민우를 돌아봤다.

"쟤 말대로 하자. 그게 좋겠다."

소무결과 당소문이 형편없는 몰골로 무당산에 오르자 무당이 발칵 뒤집어졌다.

충명이 당황한 얼굴로 소무결과 당소문을 번갈아 쳐다보며 말했다.

"이게 대체 어떻게 된 일이냐? 다른 일행은?"

석대림을 업고 오느라 체력을 소모해 바닥에 아무렇게나 널브러져 있는 소무결을 대신해 그나마 상태가 나았던 당소문이 충명의 말에 대꾸했다.

"습격을 받았습니다."

"습격이라고?"

"그렇습니다. 그래서 뿔뿔이 흩어졌습니다."

대강의 상황이 이해가 된 충명이었다.

그러나 여전히 의문이 남아 있었다.

"대체 누가? 대체 누가 있어 너희들을 건드린단 말이냐?"

이미 후기지수의 범위를 넘어선 녀석들이었다.

하나하나가 만만치 않은 무공의 소유자들인데 그런 녀석

들이 떼거지로 몰려 있었다.

그것만이 아니다.

하나같이 명문의 후계들이다.

이들을 건드린다는 것은 벌집을 들쑤신다는 것이나 다름
없었다.

어지간한 이들은 건드리기 쉽지 않을 것이다.

그래서 의문이 든 것이다.

그러나 그 부분은 당소문 역시 알 수 없는 부분이었다.

"그건 저도 모릅니다. 확실한 것은 다른 녀석들이 위험하
다는 것입니다. 무당의 지원이 필요합니다."

"그거야 당연히…… 아, 내가 이럴 때가 아니지. 모두 산
을 내려갈 준비를 하거라. 준비 단단히 하도록. 내가 직접
가겠다."

"예!"

충허의 목소리에 주위를 가득 채우고 있던 무당의 제자
들이 일제히 목소리를 높였다.

그리고는 저마다의 준비를 갖추려 뿔뿔이 흩어지는 모습
이었다.

제자들을 물끄러미 쳐다보고 있던 충허가 다시 당소문을
쳐다봤다.

"너희들은 어쩔 테냐?"

"그거야 당연히……."

당소문이 당연하다는 듯이 고개를 끄덕이려는 찰나, 땅바닥에 널브러져 헐떡이기 바쁘던 소무결이 간신히 숨을 돌리며 상체를 일으켰다.

"저희들은 따로 가겠습니다."

"따로?"

"예. 몸 상태가 엉망이라 지금 함께 움직여도 발목만 잡을 겁니다. 그리고 천왕봉의 두 녀석도 일단은 봐야 하고요."

충명이 납득했다는 얼굴로 고개를 끄덕였다.

그러나 문제가 남아 있었다.

"너희들의 일행을 찾으려면 누군가 길 안내를 해야겠는데……."

무턱대고 움직이는 것보다 누군가의 안내를 받는 것이 빠르다.

그 부분은 생각하지 못한 소무결이 난감하다는 얼굴을 할 때 다시 당소문이 한 걸음 앞으로 나서며 말했다.

"제가 안내하겠습니다."

"네가? 네 녀석도 썩 좋아 보이지 않는다만……."

"그래도 제가 무결이 녀석보다 상태가 좋을 테니까요."

"괜찮겠느냐? 꽤나 고단할 터인데."

"괜찮습니다. 그 정도는 참을 수 있습니다."

"알겠다. 내 최대한 편의를 봐주도록 하마. 그럼 난 이만

가 보겠다. 아무래도 서둘러야겠구나. 준비를 마치고 사람을 보내도록 하겠다. 짧은 시간이겠지만 잠시라도 쉬어 두도록 하거라."

"감사합니다."

당소문이 양손을 모으며 고개를 숙였다.

가볍게 고개를 끄덕인 충명이 바닥을 찍었다.

순식간에 멀어지는 충명의 뒷모습을 물끄러미 쳐다보고 있던 소무결이 당소문에게로 시선을 옮겼다.

"괜찮겠어? 너도 말이 아닐 텐데……"

"어쩔 수 없지. 대림이 녀석에게 맡길 수는 없으니까. 저 녀석은 정말 발목만 잡지 않겠나?"

당소문이 한쪽 구석의 석대림을 향해 턱짓을 했다.

그 시선을 따라간 소무결이 얼굴을 찌푸렸다.

"하여간 도움이 안 되는 자식."

난데없는 타박에 석대림이 울상을 했다.

"맨날 나만……."

"어쩐 일이야? 다른 애들은?"

모처럼 소무결의 얼굴을 본 철무한이 반갑다는 얼굴을 했다.

그러나 소무결은 퉁명스런 얼굴로 대꾸했다.

"남은 개고생하고 있는데 너희들은 어째 좋아 보인다?"

"개고생?"

철무한이 고개를 갸웃거렸다.

한 걸음 물러서서 담담한 얼굴로 둘을 쳐다보고 있던 명진이 목소리를 냈다.

"무슨 일인지 설명을 해야 할 것 아니냐? 그렇게 불퉁한 얼굴을 할 게 아니고."

명진의 타박에 소무결이 얼굴을 찡그렸다.

그러나 이내 쯧하고 혀를 차며 고개를 저었다.

저들에게는 죄가 없다.

그 사실을 알아챈 소무결이 후하고 한숨을 내쉬더니 다시 명진을 쳐다봤다.

"문제가 생겼어."

"문제? 무슨 문제?"

"습격을 받았다. 그래서 뿔뿔이 흩어진 거고."

명진의 얼굴이 딱딱하게 굳어졌다.

철무한이 당황한 얼굴로 명진보다 먼저 나섰다.

"무, 무슨! 다른 애들은? 소화는?"

"나도 모른다니까. 뿔뿔이 흩어졌다고. 그 와중에 나와 소문이가 운 좋게 무당으로 올 수 있었던 거고."

소무결의 말이 끝나기가 무섭게 철무한이 초막 안으로 후다닥 뛰어 들어갔다.

오래지 않아 제 구룡도를 움켜쥔 철무한이 다급한 얼굴로

245

말했다.

"가자."

"뭔 소리야, 그게?"

"뭔 소리긴! 다른 애들 그냥 내버려 둘 거야? 어떻게 될 줄 알⋯⋯."

그 때 명진이 손을 뻗어 철무한의 말을 끊었다.

철무한이 불만스럽다는 얼굴로 명진을 쳐다봤다.

"왜?"

그러나 명진의 시선은 오로지 소무결에게 향해 있었다.

"장문인께서는 뭐라 하셨지?"

"장문인? 그야 벌써 출발하셨지. 다른 애들 찾겠다고."

소무결의 말에 명진이 고개를 끄덕였다.

그리고는 철무한을 돌아보며 다시 말했다.

"우린 가지 않는다."

"뭔 소리야, 이 자식아! 다른 애들은 어쩌라고?"

"장문인께서 제자들을 이끌고 산을 내려가셨다. 그분께서 해결해 줄 것이다."

"그걸 지금 말이라고! 그분께서 해결한다는 보장은 있고?"

"그럼 우리가 산을 내려간다고 일을 해결한다는 보장은 있나?"

"그건 아니지만⋯⋯ 그래도 한 손이라도 거들어야⋯⋯."

"내가 하고 싶은 말이 그것이다. 장문인께서 나서신 이상 우리가 합류한다고 해서 도움이 되지 않는다. 우리는 도움이 될 때 산을 내려갈 거다."

담담한 얼굴로 말하는 명진의 모습에 철무한이 이를 으드득 갈았다.

그러나 자신의 앞을 막아선 명진을 밀쳐내지는 않았다.

대신 자신의 분을 풀어내기라도 하듯 구룡도를 크게 휘둘렀다.

서걱하는 소리가 작게 들려오는가 싶더니 성인의 양팔로도 감싸기 힘든 소나무가 그그긍 소리를 내며 미끄러져 내렸다.

쿵!

커다란 소리와 함께 묵직한 진동이 전해지자 소무결이 당황한 얼굴을 했다.

"미, 미친!"

그러나 철무한 역시 소무결에게 관심이 없었다.

철무한이 명진을 만난 이후 처음으로 그에게 날을 세웠다.

"네 말대로 해 주지. 그런데 내 동생…… 그리고 다른 녀석들 잘못되면 각오해야 할 거다."

❖ ❖ ❖

"성주님! 신무문주입니다!"

무사의 우렁찬 외침에 서책을 뒤적거리던 철자강이 시선을 들었다.

그보다 먼저 철영강이 반응하며 목소리를 냈다.

"어떻게 할까요?"

하수란의 방문에 대한 의문보다는 철자강의 의문이 먼저라는 투였다.

철자강이 고개를 끄덕였다.

"들라 하라."

나직하지만 곳곳으로 퍼져 나가는 그의 목소리.

무공이 예전보다 더 진일보한 모습이었다.

철영강이 제 형의 성장에 미미하게 고개를 끄덕일 때, 스르륵 소리 없이 방문이 열리더니 하수란이 사뿐사뿐 걸음을 옮기며 안으로 들어섰다.

철자강이 하수란을 쳐다봤다.

"신무문주가 이 시각에 어쩐 일이지? 아니, 아니지. 기별도 없이 성까지 어쩐 일인가? 무슨 급한 일이라도 생긴 것인가?"

철자강의 물음에 하수란이 대답 대신 그와 마주앉아 있는 철영강을 힐끔거렸다.

그녀의 기색을 눈치 챈 철자강이 고개를 저었다.

"괜찮다. 내가 성에서 유일하게 믿고 의지하는 이라고 해도 과언이 아니니까."

제 동생에 대한 신임이 두터운 철자강이었다.

그 사실을 잘 알고 있던 하수란 역시 별다른 기대가 없는 몸짓이었다.

다만 사안이 그만큼 중하다는 것을 은연중에 흘린 것이다.

그러나 하수란의 기색에 담긴 의미를 어렵지 않게 알아챈 철영강은 제 스스로 자리에서 일어섰다.

"두 분 말씀 나누십시오."

"괜찮다니까."

"아닙니다. 중요한 일은 아는 사람이 적을수록 좋은 법이지요. 주위를 물리겠습니다."

철자강에게 가볍게 고개를 숙인 철영강이 걸음을 옮겼다.

탁하고 문이 닫히는 소리가 들리고, 오래지 않아 주위가 조금은 부산스럽게 느껴졌다.

철영강이 철자강의 거처를 감싸고 있던 무사들을 물리는 것이다.

그리고 오래지 않아 그 소란마저 가라앉자 철자강이 하수란을 쳐다봤다.

"앉지 그러나?"

"감사합니다."

하수란이 가볍게 고개를 숙이더니 조심스런 움직임으로 철자강의 앞자리를 차지했다.

철자강이 그녀의 두 눈을 가만히 쳐다보며 목소리를 냈다.

"무슨 일이지? 무엇이 그리 급해서 기별도 없이 성까지 달려온 것인가?"

"다른 것이 아니고 지난번에 말씀하신 일을 알아봤습니다."

"지난번에?"

철자강이 기억이 떠오르지 않는다는 듯 고개를 갸웃거렸다.

하수란이 한결 더 목소리를 낮추며 그의 기억을 되살려 냈다.

"왜 그…… 황궁과 관련된……."

"으음……."

철자강이 저도 모르게 신음성을 흘렸다.

그리고 그 역시 자못 심각해진 얼굴로 하수란과 시선을 마주했다.

"자네의 얼굴을 보아하니 아무래도 맞는 것 같군."

"그렇습니다."

"끙…… 이거 골치 아프게 됐군."

모용기에게 들은 것은 있었지만 그의 말만 믿고서 함부로 움직일 수는 없는 법이다.

상대가 상대이니만큼 충분한 확인 작업이 필요했다.

그래서 하수란에게 부탁을 한 것인데, 그 결과가 오늘에서야 나온 것이다.

"난 한동안 연락이 없길래 아닌 줄 알았더니……."

"그게…… 저들도 그만큼 신중을 기하는 일이라 쉽게 접근할 수가 없었습니다. 아직은 저들 중에서도 극소수만 관여된 일이라……."

"그럴 테지. 그러나 곧 모두가 알게 되지 않겠나? 모든 것을 다 가지려 할 테니까."

"그렇습니다. 아무래도 저들이 본격적으로 움직이기 시작할 것 같습니다. 안 그래도 성으로 오는 길에 정보를 접했는데……."

하수란이 철자강의 눈치를 살피며 말끝을 흐렸다.

철자강이 의아하다는 눈으로 그녀를 쳐다봤다.

"왜 그러나? 또 다른 문제라도 생긴 건가?"

"그, 그게……."

"괜찮으니 말해 보라. 자네를 탓할 일은 없을 테니까."

철자강이 담담한 얼굴로 하수란의 대답을 재촉했다.

반면 하수란의 얼굴은 여전히 조심스러웠다.

그의 말대로 평정심을 유지하는 것이 쉽지 않다는 것을 잘 알기 때문이다.

그러나 언제까지 철자강을 기다리게 할 수는 없는 법.

주저주저하던 하수란이 조심스럽게 목소리를 냈다.

"저…… 아무래도 소화에게 문제가 생긴 것 같습니다."

하수란의 예상대로 철자강의 눈매가 단번에 가늘어졌다.

"무슨 말이지?"

잔뜩 날이 선 목소리였다.

자신을 향한 것은 아니라는 것을 잘 아는 그녀였지만, 예전에 철소화와 엮였던 일이 있었던지라 괜히 움츠러드는 그녀였다.

그러나 철자강은 그녀의 속내까지 헤아려 줄 정도로 여유롭지 못했다.

"무슨 일이냐고 물었다. 어서 대답하라."

한결 더 으르렁거리는 목소리로 자신을 압박하는 철자강의 위압감에 하수란이 더는 버텨 내지 못하고 목소리를 냈다.

"그, 그게…… 저들이 움직여서……."

"저들이? 저들이 또 소화를 건드렸다, 그 말인가?"

"그, 그렇습니다."

하수란의 말이 끝나기가 무섭게 철자강이 자리를 박차고 일어섰다.

철자강이 이전과는 달리 내력을 끌어 올리지도 않은 채

크게 목소리를 냈다.

"영강이! 영강이는 당장 들라!"

철자강의 목소리가 쩌렁쩌렁하게 울려 퍼졌다.

그리고 그 울림이 끝나기도 전에 철영강이 다시 모습을 드러냈다.

철자강을 마주한 철영강은 그의 얼굴에서 심상찮음을 느끼고는 덩달아 긴장한 얼굴로 질문했다.

"무슨 일이십니까?"

"남경으로 간다. 당장 준비를 하도록."

의문이 가득했지만 이번에도 철자강의 의중이 먼저인 철영강이었다.

철영강이 가볍게 고개를 숙이더니 급하게 철자강의 거처를 뛰쳐나갔다.

남경으로 향하는 홍소천이 한숨을 푹푹 내쉬었다.

내키지 않다기보다는 문제를 해결하기가 어려울 것이 선명하게 보였기에 답답함이 가득했던 것이다.

"썩을…… 죽겠네, 진짜."

그와 같은 심정이었던 제갈곡 역시 잔뜩 어두운 얼굴이었다.

그러나 홍소천처럼 앓는 소리를 내지는 않았다.

어쨌거나 한 번은 겪고 넘어가야 할 일이라는 것을 잘 알기 때문이다.

"어쩔 수 없지요. 차라리 이렇게 된 것, 이번 기회에 다 해결되었으면 좋겠습니다만……."

"그게 그렇게 쉽겠나? 상대가 상대인데…… 그런 건 바라지도 않고 애들이나 무사했으면 좋겠어. 애들만이라도 무사하면 냅다 들고뛰게."

"그것은 문제의 해결책이 되지 못합니다. 어떻게 해서든 매듭을……."

"어떻게? 그것이 어렵다는 것은 나보다 자네가 더 잘 알지 않나? 자칫 잘못하면……."

홍소천이 슬며시 말꼬리를 흐렸다.

주위에 따르는 이들이 꽤나 많았기 때문이다.

홍소천이 힐끔 주위를 살피고는 목소리를 낮췄다.

"그의 목에 칼을 들이밀 수는 없지 않나? 그 때는 숨죽이고 사는 게 걱정이 아니라 생존 자체를 걱정해야 될 테니까."

그러나 제갈곡은 고개를 저었다.

"그렇다 해서 계속 모른 척하고 있을 수는 없지 않겠습니까? 명문들이야 그렇다 쳐도 중소 규모 문파들의 피해가 누적되고 있습니다. 어떻게든 막아 보려 하지만 그게 어렵다는 것은 방주께서 더 잘 알고 계시지 않습니까? 이번 기회에 어떤 방식으로든 결론을 내야 합니다."

제갈곡의 말에 홍소천이 눈살을 찌푸렸다.

"자네답지 않게 왜 이러나? 뭐가 그렇게 조급해?"

"그, 그게……."

무언가 목소리를 내려던 제갈곡은 한순간 입을 닫으며 시선을 돌렸다.

그들에게 다가서는 조화심의 기척을 느꼈기 때문이다.

조화심이 둘을 번갈아 가며 쳐다보더니 결국에는 홍소천을 향해 목소리를 냈다.

"또 군사를 괴롭히는 것이냐?"

"이놈이! 무슨 헛소리냐! 내가 네놈인 줄 아느냐?"

홍소천이 발끈한 얼굴을 했다.

그러나 조화심은 별다른 기색을 내비치지 않았다.

조화심이 어깨를 들썩이며 말했다.

"아니면 말고. 뭘 그렇게 흥분하나?"

예전의 칼날과도 같은 기도는 어디론가 감춰 버린 채, 어딘지 모르게 유들유들해진 모습의 조화심이었다.

홍소천이 그를 쳐다보며 눈매를 좁혔다.

"아무래도 이상해."

"뭐가 말인가?"

"뭐긴 뭐냐? 네 녀석 말이지. 네 녀석 정말 조가 놈이 맞느냐? 어디 면구라도 뒤집어쓴 것이 아니고?"

조화심은 이번에도 날을 세우는 대신 픽 웃음을 보일 뿐
이었다.

점점 더 의심으로 가득 차는 홍소천의 눈길을 외면한 조
화심이 제갈곡을 향해 목소리를 냈다.

"그보다…… 둘이서 무슨 얘기를 그렇게 하고 있었나?
다른 사람들이 듣지 못하도록 나직하게 말이야. 둘이서 그
렇게 속닥거리니 다른 이들이 의심하지 않나?"

조화심이 뒤를 따르는 이들을 향해 턱짓을 했다.

아닌 듯하면서도 홍소천과 자신에게서 시선을 떼지 않는
다른 이들의 모습에 제갈곡이 끙하고 앓는 소리를 냈다.

그러나 홍소천은 오히려 목소리를 높였다.

"이놈들아! 뭘 그렇게 쳐다봐? 내가 군사랑 얘기하는 것
이 뭐가 그렇게 의심스러운 것이냐?"

홍소천의 목소리에 그와 제갈곡을 주시하고 있던 눈길들
이 흠칫하는가 싶더니 재빨리 다른 곳으로 시선을 돌렸다.

홍소천이 못마땅하다는 눈길로 쯧하고 혀를 찼다.

조화심이 고개를 저으며 그를 만류했다.

"그럴 것 없다. 네놈을 잘 아는 나조차도 네놈이 무슨 짓
을 할까 불안한데 저들은 오죽할까? 아무것도 모르고 따라
만 가니 당연히 불안할 테지. 그보다, 정말 말해 줄 수 없는
것이냐?"

"말해 줄 수 있는 것이면 진즉에 말해 줬을 것 아니냐? 더 말해서 뭐 해?"

"그렇긴 하지."

조화심이 더는 홍소천을 채근하지 않고 순순히 고개를 끄덕였다.

그러한 그의 모습에 홍소천은 여전히 적응이 되지 않는 듯한 눈초리였다.

예전이었다면 벌써 칼부림이 났어도 몇 번은 났을 것이기 때문이다.

그러나 이미 그 문제에서 관심을 끊은 조화심은 멀리 공손도의 옆에 서서 자신을 쳐다보고 있는 제 제자를 힐끔거리며 다른 문제를 꺼내 들었다.

"그보다 말이다. 운설이 문제는 어떻게 해야 하는 것이냐?"

제 단짝과도 같은 천영영과도 데면데면한 백운설이었다.

서로 멀찍이 거리를 벌린 채 의도적으로 시선을 피하는 것이 마음에 걸렸다.

이러한 부분에서는 젬병이나 다름없던 그가 해결할 수 있는 문제가 아니었다.

그래서 홍소천에게 의견을 구한 것인데 홍소천 역시 난감하다는 얼굴이었다.

"글쎄다. 일이 제법 꼬여서…… 그러게 이놈아, 네 사제를

왜 그따위로 가르친 것이냐? 이게 다 네놈 사제 때문에 벌어진 일 아니냐?'

홍소천이 어두운 얼굴을 하고 있는 공손도를 쳐다보며 얼굴을 찌푸렸다.

공손도는 저도 모르게 홍소천의 눈길을 피하는 눈치였다.

그 모습을 고스란히 지켜본 조화심이 한숨을 내쉬었다.

"내 탓이다. 나조차가 사람이 되지 못했었으니……."

자책하는 조화심의 모습에 홍소천이 쩝하고 입맛을 다셨다.

서로 죽일 듯이 싸웠던 기억이 여러 번이었지만 괜히 입맛이 썼다.

홍소천이 고개를 저으며 말했다.

"그냥 내버려 두거라. 결국 시간이 해결하겠지. 네놈과 내가 지금 이렇게 어울리는 것처럼 말이다."

그 말에 조화심이 픽하고 웃음을 보였다.

"틀린 말은 아니다만, 너무 오래 걸리지 않을까 그게 걱정이다. 네놈과 내가 반평생을 으르렁거리고 지냈던 것을 생각해 보면……."

"그거야 네놈 성격이 지랄 맞아서 그런 거고. 운설이야 말랑말랑한 성격이니 그리 오래 걸리지는 않을 것이다. 다른 녀석들 역시 네놈처럼 독하지 못하고."

"그런가?"

"그래. 그러니까 잡소리는 그만하고 이제 움직이자. 갈 길도 먼데 시간도 별로 없다."

그 말을 끝으로 홍소천이 휘적휘적 걸음을 옮겨 앞서나 갔다.

그 뒷모습을 물끄러미 쳐다보던 조화심은 아쉽다는 생각 이 들었다.

"충허 그놈도 같이 있었으면 좋았을 뻔했군."

예상치 않게 남경에 머무르는 시간이 길어졌다.

원래대로라면 제 발로 남경을 딛을 생각조차 없었던 유 진산이었지만, 두 가지 일이 꼬이며 그를 남경으로 불러들 였다. 그중 한 가지는 해결되었지만 남은 하나가 여전히 그 의 발목을 잡고 있었다.

유진산이 나직이 한숨을 쉬듯 중얼거렸다.

"정순이와 원종이를 찾아야 남경을 떠날 터인데……."

어찌 보면 철소화보다 더 가까운 이들이었다.

그들을 남경에 두고서는 도저히 발이 떨어지지 않았다.

그 때 자그마한 발소리가 들리더니 철소화가 계단을 내 려오며 모습을 드러냈다.

"어? 할아버지."

창가에 자리하고 있는 유진산을 발견한 그녀가 쪼르르 걸음을 옮겨 그에게 다가갔다.

제 앞에 자리 잡은 손녀를 확인한 유진산이 픽 웃음을 보이며 말했다.

"예나 지금이나 무슨 잠이 그렇게 많은 것이냐? 나이가 들면 좀 나아질 줄 알았더니."

"원래 미인은 잠이 많은 거라구요. 할아버지는 알지도 못하면서."

"미인?"

"그럼요. 나 정도 미인이 어디 흔한 줄 알아요? 다른 오빠들이 맨날 붙어 있어서 그렇지, 혼자 길이라도 걸으면 내 눈길 한번 받아 보려고 남자들이 미쳐서 날뛴다니까요?"

철소화의 턱이 조금은 치켜 올라갔다.

유진산은 잔잔히 웃으며 고개를 저을 뿐이었다.

철소화가 얼굴을 찡그리며 다시 목소리를 냈다.

"진짠데……."

"안다. 우리 소화가 예쁜 걸 내가 모르겠느냐? 네 어미를 꼭 닮았는데."

"그런데 왜 그렇게 웃으시는……."

"아무리 그것이 사실이라도 네 입으로 말하는 게 쑥스럽지도 않느냐? 누굴 닮아 이렇게 뻔뻔한 건지."

"누굴 닮긴 누굴 닮았겠어요? 할아버지가 엄마 꼭 닮았다고 말씀하셨잖아요. 아빠도 그렇게 말하던데."

유진산이 고개를 저었다.

"네 어미는 그렇게 뻔뻔하지 않았다."

"아니기는? 아빠도 그렇게 말했다니까요? 엄마랑 꼭 닮았다고. 그게 아니면 내가 어디서 튀어나왔겠어요? 아빠나 오빠랑은 완전 딴판인데."

철소화의 말에 유진산이 어이가 없다는 얼굴로 고개를 절레절레 저었다.

그의 얼굴을 부루퉁한 눈으로 쳐다보고 있던 철소화가 뒤늦게 무언가가 떠올랐다는 듯 주위를 돌아봤다.

"근데 오빠들이랑 희진 언니는 어디 갔어요?"

임무일이나 혁련강, 조희진이 아직까지도 잠에 빠져 있을 거란 기대는 하지도 않았다.

그런데 그들의 모습이 보이지 않자 의문이 든 것이다.

유진산이 그녀의 의문에 대꾸했다.

"원종이와 정순이의 행방을 알아보러 하오문 지부에 다녀오겠다더구나. 아무래도 우리들만으로는 한계가 있다는 것을 저들도 안 것이지."

하오문이란 말에 철소화가 얼굴을 찌푸렸다.

자연히 하유선의 얼굴이 떠올랐고 그것이 그녀의 기분을 상하게 했기 때문이다.

그러나 철소화는 얼른 고개를 저었다.

"언제 갔는데요?"

"아침 일찍."

"그럼 곧 오겠네? 근데 하오문이 단 씨 할아버지랑 주 씨 할아버지 행방을 알 수 있으려나?"

"아무래도 우리보다는 낫지 않겠느냐? 그리고 너무 그렇게 정색할 필요는 없다. 아무리 싫어도 필요하면 적당히 이용할 줄도 알아야지."

유진산의 말에 철소화가 입술을 삐죽거렸다.

듣고 싶지 않은 말이었기 때문이다.

반박할 거리도 없었고, 그럴 생각도 없었다.

그러나 여전히 가시지 않는 앙금은 그녀로서도 어쩔 도리가 없었다.

철소화가 자신도 모르게 부루퉁한 얼굴을 하고 있는 것은 본 유진산이 가볍게 웃음을 보일 때, 몇몇 인기척이 들리기 시작하더니 임무일과 혁련강, 조희진이 차례로 모습을 드러냈다.

그들을 확인한 철소화가 반색을 하며 손을 들었다.

"여기, 여기!"

임무일이 한숨을 내쉬며 철소화에게 다가섰다.

"넌 대체 잠이 왜 그렇게 많아? 눈곱 낀 거 보니까 일어난 지 얼마 되지도 않았구만."

"원래 미인은……."

"됐고."

같은 말로 항변하려는 철소화의 입을 틀어막은 임무일이 유진산을 쳐다봤다.

"저희 다녀왔습니다."

"그래. 소득이 좀 있더냐?"

유진산의 눈동자에 조금은 기대가 묻어났다.

그 기대에 보답하기라도 하듯 임무일이 고개를 끄덕였다.

"찾았습니다. 멀지 않은 곳입니다."

"그래?"

유진산이 반색을 했다.

그것은 철소화 역시 마찬가지였다.

오히려 철소화가 더 빠르게 반응하며 자리를 박차고 일어섰다.

"어디? 어딘데?"

그런 철소화를 힐끔 쳐다보고는 못마땅하다는 얼굴을 하던 임무일이었으나, 유진산을 쳐다볼 때는 어느새 그러한 기색을 완전히 지워 냈다.

"안내하겠습니다."

유진산이 고개를 끄덕이며 자리에서 일어섰다.

"가자."

한참이나 움직인 끝에 빈민가 깊숙이 들어선 일행은 줄이 길게 늘어선 장원 앞에서 걸음을 멈췄다.

유진산이 임무일을 쳐다보며 질문했다.

"여기더냐?"

"그렇다고 들었습니다."

유진산이 고개를 끄덕이며 주위를 둘러봤다.

빈민들이라고는 하지만 생각보다 안색이 더 어두워 보이는 이들이 대부분이었다.

병색이 완연한 이들이 많다는 것을 어렵지 않게 알아본 유진산이었다.

"신의가 의술을 베풀고 다닌다더니……."

자신과는 전혀 다른 모습이었다.

그러나 유진산은 그 정도로 감상에 젖을 만큼 말랑말랑한 성격이 아니었다.

여느 때와 다름없는 얼굴로 주위를 한 바퀴 휙 둘러본 유진산은 장원의 정문을 향해 턱짓을 했다.

"가자."

임무일이 기다렸다는 듯이 앞장섰다.

자신들에게 불편하다는 시선들이 몰려들었지만 그들은 전혀 개의치 않고 나아갔다.

이윽고 장원의 정문으로 다가섰을 무렵.

이제껏 당당히 보무를 옮기던 임무일은 걸음을 멈출 수

밖에 없었다.

"멈춰라."

느닷없이 창 한 자루가 그의 앞을 막아섰기 때문이다.

조금은 시큰둥한 목소리가 자신들을 제지하자 임무일이 눈살을 찌푸렸다.

그러나 어디까지나 자신들은 손님의 입장이다.

임무일이 얼른 얼굴을 고치며 양손을 모았다.

"만금장의 임무일입니다. 신의를 뵈러 왔습니다. 전해 주시겠습니까?"

자신의 신분까지는 알지 못해도 만금장은 어디에서나 통용되는 이름이다.

이번에도 마찬가지일 거라 믿어 의심치 않았다.

그러나 임무일의 앞을 막아선 장철삼은 시큰둥한 얼굴로 대꾸했다.

"줄 서."

"예?"

예상치 못한 반응에 임무일이 눈을 동그랗게 떴다.

그러나 장철삼은 여전히 심드렁했다.

"줄 서라고. 저기 줄 서 있는 사람들 안 보여? 저 사람들은 뭐 할 짓이 없어서 저러고 있는 줄 알아? 가서 줄 서."

"예? 그, 그게……."

한 번도 받아 본 적이 없는 대접에 임무일이 당황한 기색을 보였다.

멀뚱멀뚱 쳐다보고만 있던 철소화가 픽 웃으며 앞으로 나섰다.

"오빠는 그게 문제야. 용건을 말해야지, 무턱대고 만나러 왔다고 하면 누가 만나 준대?"

그리고는 임무일을 밀치며 헤실거리는 얼굴로 앞으로 나섰다.

그녀의 얼굴을 확인한 장철삼이 눈을 동그랗게 떴다.

"어?"

흡사 넋이라도 나간 듯한 그의 모습에 철소화가 배시시 웃으며 목소리를 냈다.

"신의를 뵈러 왔는데……."

살짝은 비음이 섞인 목소리가 길게 꼬리를 늘였다.

애교가 가득한 그녀의 목소리에 저도 모르게 고개를 끄덕이려던 장철삼이 급히 고개를 저으며 정신을 차렸다.

억지로 얼굴을 고치며 다시 고개를 든 장철삼이 조금은 딱딱한 목소리로 철소화의 말에 대꾸했다.

"아, 안 됩니다. 줄을 서야……."

임무일을 대할 때와는 달리 저도 모르게 존대가 섞였다.

임무일이 황당하다는 얼굴로 장철삼을 물끄러미 쳐다보는데, 철소화가 다시 한 걸음 앞으로 나서며 예의 그 애교가 가득한 목소리로 말했다.

"아니, 그게 아니고요. 신의에게 볼일이 있는 게 아니라 여기 환자들에게 볼일이 있어서요."

"……환자요?"

"예. 주 씨 할아버지랑 단 씨 할아버지요. 여기 있다고 들었는데."

"주 씨 할아버지…… 단씨 할아버지……?"

또다시 넋이 나간 얼굴로 철소화의 말을 따라하던 장철삼이 한순간 흠칫 몸을 떨었다.

그리고는 예의 그 딱딱한 얼굴로 다시 한 번 확인하듯 질문했다.

"혹시 주원종 어르신과 단정순 어르신을 말하는 겁니까?"

그 말에 철소화가 짝하고 손뼉을 쳤다.

"맞아요! 우리 할배들!"

생기가 가득한 모습이었지만 이미 장철삼의 마음은 차갑게 식어 있었다.

장철삼이 자세를 바로 하며 목소리를 냈다.

"그런 것이라면 진즉에 말씀하셨어야지요. 따라오십시오. 제가 안내를…… 어?"

장철삼이 한순간 흠칫 몸을 떨었다.

그 순간 한 줄기 바람이 그를 휙 스치고 지나갔다.

유진산의 앞에 모습을 드러낸 주원종이 반색이 가득한 목소리로 말했다.

"아이고, 형님! 여긴 또 어떻게 오신 겁니까?"

주원종의 멀쩡한 모습을 확인한 유진산은 조금은 안도가 깃든 얼굴로, 그러나 조금은 못마땅하다는 기색이 깃든 목소리로 말했다.

"썩을 놈."

참룡
회귀록

斬龍
回歸
錄

83章.

"어? 혀, 형님."

평상에 아무렇게나 앉아 있던 단정순이 당황한 기색으로 자리에서 일어서려 했다.

유진산이 손을 저었다.

"되었다. 앉아 있거라."

그릇이 간당간당하다는 것을 알고 꽤나 걱정을 하고 있던 터였지만 설마 그것이 깨어질 것이라고는 전혀 생각지 못한 유진산이었다.

내가고수 중에서도 한 손에 꼽을 정도로 단단하게 단련된 것이 단정순이었기 때문이다.

그런 그의 예상과 달리 단정순의 그릇이 깨어졌다는 말을 들었을 때는 심장이 철렁할 정도였다.

그 탓에 내심 크게 걱정하고 있었는데, 실제로 마주한 그의 용태는 생각보다 괜찮아 보였다.

그러나 확실하게 하는 것이 중요하다.

유진산이 한 걸음에 단정순의 곁에 다가가 손목을 낚아챘다.

"어디 한번 보자."

다른 이라면 몸 상태가 어떻든 발악이라도 해 볼 단정순이었지만 유진산에게만큼은 예외였다.

그는 별다른 저항 없이 순순히 자신의 손목을 내어 주었다.

유진산이 잠깐 맥을 짚는가 싶더니 이내 딱딱한 얼굴로 단정순을 쳐다봤다.

"이건……."

조금씩 일그러지려는 그의 얼굴을 마주한 단정순이 슬며시 웃으며 고개를 저었다.

"이만한 게 어딥니까? 목숨이라도 부지한 걸 다행으로 여겨야지요."

"하지만……."

"괜찮습니다. 내력이야 좀 없으면 어떻습니까? 어차피 무덤까지 싸 들고 가지도 못하는 것을요."

단정순의 말에 상황을 모른 채 눈치만 보던 철소화와

임무일 등이 눈을 동그랗게 떴다.

그제야 그의 상태를 눈치 챘기 때문이다.

철소화가 자기도 모르게 앞으로 나서려는 것을 임무일이 낚아채며 그녀의 걸음을 멈춰 세웠다.

철소화가 불만이 가득한 얼굴로 돌아봤지만 임무일은 대답 대신 고개만 저을 뿐이었다.

그 모습을 빼놓지 않고 지켜보고 있던 단정순이 빙그레 웃음을 보였다.

"그럴 것 없다. 나는 정말 괜찮으니까. 그보다 네 녀석들은 어떻게 된 것이냐? 무당으로 간다고 하더니? 다른 녀석들은 또 왜 안 보이고?"

철소화가 얼굴을 찡그리며 다시 그를 쳐다봤다.

"할아버지는…… 지금 그게 문제야?"

"나는 괜찮다 하지 않았더냐. 그보다 어떻게 된 일인지나 말해 보거라. 너희들이 왜 여기에 있는 것이냐?"

여전히 단정순 자신보다는 다른 이들이 궁금한 눈치였다.

의도적으로 말을 돌리는 건지 아니면 진심인지는 경험이 많지 않은 철소화로서는 알 도리가 없었다.

단정순과 시선을 마주하던 철소화가 한숨을 폭 내쉬며 말했다.

"내력 잃는 게 무슨 유행이라도 되나? 할아버지도 그렇고 기아 오빠도 그렇고……."

철소화의 말에 단정순이 눈을 동그랗게 떴다.

유진산 역시 마찬가지였다.

그러나 그 둘보다 먼저 반응한 이가 있었다.

어느새 철소화의 앞에 모습을 드러낸 모용공이 그녀를 향해 목소리를 냈다.

"기아? 우리 기아 말이냐? 그 녀석이 왜?"

"누구냐!"

임무일이 가장 먼저 반응했다.

그러나 그가 무언가 행동을 시작하려 하기도 전에 주름이 가득한 손이 그의 손 위에 얹어지며 내리눌렀다.

"어?"

임무일이 당황한 얼굴을 하자 주원종이 고개를 저었다.

"신의다."

"예?"

임무일이 눈을 동그랗게 떴다.

주원종이 쯧하고 혀를 차며 말했다.

"이놈아, 여기가 누구의 집인지 잊은 것이냐?"

"어? 그, 그럼……."

"그럼은 무슨? 어찌 이리 하나같이 멍청한 것이냐? 어디가서 만금장의 소장주라 말하고 다니지 말거라."

못마땅하다는 기색의 주원종을 물끄러미 쳐다보던 철소화가 그제야 모용공에게 시선을 돌렸다.

"그, 그럼 할아버지가……."

"우리 기아가 어찌 되었느냐고 묻지 않았느냐? 지금 어디에 있느냐?"

이미 다 잊었다고 생각했었지만 말년에 찾아온 혈육은 그의 마음을 뒤흔들어 놓기에 충분했다.

안 봤다면 모를까 이미 본 이상 모른 체하기가 어려웠다.

제법 많은 시간을 함께했기에 더 마음이 쓰였다.

모용공의 조급한 마음이 얼굴에 드러나자 철소화가 조심스러운 얼굴로 대꾸했다.

"그, 그게 저도 잘……."

"모른다는 것이냐?"

"예. 오는 길에 헤어져서……."

말꼬리를 흐리는 그녀의 모습에 모용공이 얼굴을 찌푸렸다.

그러나 철소화에게는 더 얻을 것이 없다는 것을 어렵지 않게 판단한 모용공은 임무일, 혁련강, 조희진 등에게로 차례로 시선을 던졌다.

그러나 고개를 젓는 것은 그들 역시 마찬가지였다.

"이런……."

모용공이 급하게 신형을 돌리려 했다.

다른 이들이라도 동원해 볼 생각이었던 것이다.

그러나 이번에도 주원종이 나서며 모용공의 손을 낚아챘다.

"어디 가려고?"

"몰라서 묻나? 손자 놈 찾아봐야지."

"찾을 수는 있고? 그냥 내버려 둬."

"지금 무슨 말을……."

"무슨 말이긴. 자네 손자를 그렇게 몰라? 고놈이 그렇게 호락호락한 놈인가? 다른 놈들이라면 몰라도 고놈 걱정은 조금도 할 필요가 없어. 그게 세상에서 제일 쓸모없는 짓인 걸 모르나?"

듣기에 나쁜 말은 아니었다.

천하의 권마가 그만큼 제 손자를 높이 평가한다는 뜻이다.

그러나 모용공은 여전히 걱정이 가득한 얼굴로 고개를 저었다.

"듣자하니 내력을 잃었다는 것 같은데 저 친구처럼 그릇이라도 깨졌으면 어쩌려고? 아무리 그놈이라도 그런 경우면 답이 없어."

모용공이 단정순을 턱짓을 하며 말했다.

조금은 기분이 나쁠 수도 있는 몸짓이었지만 그에게 별다른 악의가 없다는 것을 잘 알고 있던 단정순은 별다른 반응을 보여 주지 않았다.

주원종 역시 단정순은 별로 신경 쓰지 않는 기색으로 손뼉을 짝하고 쳤다.

"맞다! 내력을 잃었댔지?"

그리고는 모용공보다 더 다급한 기색으로 철소화를 닦달했다.

"어서 말해 보거라. 고 녀석에게 대체 무슨 일이 생긴 것이냐? 그놈 지금 어디 있어?"

"어? 그게 그러니까……."

"그러니까가 아니고 말부터 하라지 않느냐? 그놈 지금……."

그 때 임무일이 한숨을 내쉬며 둘 사이에 끼어들었다.

"제가 말씀드리겠습니다."

"네가? 그래, 말해 봐라. 그놈 지금 어디 있느냐?"

"그건 저희도 잘 모릅니다."

"모른다고? 함께 움직였지 않느냐?"

"중간에 일이 좀 있어서 헤어졌습니다."

"이놈아, 내력도 잃은 놈을 혼자 내버려 두면 어쩌자는 것이냐? 그러고도 네 녀석들이 친우라 부를 수 있겠느냐?"

주원종이 얼굴을 일그러트리며 임무일을 타박했다.

그러나 임무일은 여전히 담담한 얼굴로 말을 이었다.

"사정이 있었습니다. 하지만 기아의 그릇이 깨지거나 한 것은 아니니 그 부분은 걱정하지 않으셔도 됩니다."

"그릇이 깨지지 않았다?"

주원종이 이해가 되지 않는다는 듯이 고개를 갸웃거렸다.

277

임무일이 확답을 하듯 고개를 끄덕였다.

"그렇습니다. 그 부분은 무당에서도 확인했으니 확실합니다."

"헐……"

주원종이 어이가 없다는 얼굴로 헛웃음을 흘렸다.

그리고는 저도 모르게 유진산에게로 시선을 돌렸다.

"형님, 형님은 그것이 가능합니까? 저는 불가능할 것 같은데……"

주원종의 시선을 따라 모든 이의 눈길이 유진산에게 몰려들었다.

그중에는 모용공의 시선도 섞여 있었다.

유진산이 좌중을 돌아보더니 고개를 저었다.

"시간을 들인다면 가능할 수도 있겠지. 그것은 신의도 마찬가지 아닌가?"

유진산의 시선을 받은 모용공이 얼떨결에 고개를 끄덕였다.

"그렇긴 하지만……"

유진산이 픽 웃음을 보이더니 임무일에게 다시 시선을 돌렸다.

"그런데 네 녀석 말로는 그런 것도 아닌 것 같은데……"

"그, 그렇습니다. 어떤 노인과 마주했다는데 손짓 한 번에 그렇게 되었다고 합니다."

"뭐? 손짓 한 번?"

임무일의 말에 주원종이 눈을 동그랗게 떴다.

도저히 믿을 수 없다는 얼굴이었다.

그리고 그것은 단정순이나 모용공 역시 마찬가지였다.

"그런 말도 안 되는……."

"믿을 수 없다!"

모용기의 무공의 깊이를 잘 알고 있는 이들이었다.

손짓 한 번에 그를 무력화시킬 수 있는 상대가 있으리라고는 생각해 본 적이 없었다.

유독 유진산만이 다른 반응을 보였다.

"그렇군."

그런 그의 반응을 놓치지 않은 단정순이 유진산을 쳐다보며 말했다.

"짚이는 것이 있으십니까?"

"한 가지 있다. 그 일은 내가 알아볼 테니 너는 몸조리에 집중하거라."

그제야 유진산의 존재를 눈치 챈 모용공이 호기심이 깃든 눈으로 그를 쳐다봤다.

"그런데 당신은 누구……."

그의 질문에 유진산이 빙그레 웃음을 보였다.

"그대가 신의인가? 나는 강호에서 괴의라고 불린다."

"뭐, 뭐?"

모용공이 눈을 동그랗게 떴다.

유진산은 고개를 절레절레 저으며 목소리를 냈다.

"그 일은 나중에 얘기하도록 하고, 그보다 기아 녀석 일부터 알아보는 게 순서겠지. 그럼 난 잠시……."

유진산이 문득 말꼬리를 흐렸다.

그리고는 어딘가를 물끄러미 쳐다보는데 다른 노인들 역시 무언가를 느끼며 하나둘씩 시선을 돌렸다.

뒤늦게 누군가의 기척을 눈치 챈 임무일 등도 마찬가지였다.

그리고 곧 모습을 드러낸 것은 하오문 남경지부의 지부장 장용이었다.

장용이 헐레벌떡 모습을 드러내며 임무일을 찾았다.

"고, 공자님!"

임무일이 어른들의 눈치를 보며 앞으로 나섰다.

"무슨 일입니까?"

"그, 그게…… 큰일 났습니다."

"큰일이라고요? 무슨 큰일이……."

"서, 성주님! 그리고 개방주가 남경으로 오고 있다고 합니다!"

장용의 말에 임무일이 저도 모르게 목소리가 높아졌다.

"뭐라고요!"

홍소천을 마주한 철자강이 먼저 목소리를 냈다.

"네놈이 정무맹주를 하지 그러냐?"

홍소천이 얼굴을 팍 일그러트렸다.

"썩을…… 그걸 지금 말이라고 하는 것이냐?"

"왜? 무슨 문제라도 있는 건가?"

"그럼 문제가 없어 보이나? 맹주가 제 역할만 다 해 줬어도 내가 이 골치 아픈 일을 맡을 일도 없었겠지. 이게 뭐가 좋은 거라고 정식으로 한단 말이냐? 일만 넘치고 골머리만 썩어 나는데."

홍소천의 말에 철자강이 픽 웃음을 보였다.

그의 소탈한 성품이 느껴졌기 때문이다.

"확실히…… 진산보다는 믿을 만하군."

"쓸데없는 말은 됐고. 그보다 말해 봐라. 패천성이 남경에는 어쩐 일이냐? 그것도 네놈이 직접 발걸음을 다 하고?"

"몰라서 묻나? 네놈과 같은 이유지."

짐작은 했었다.

그러나 홍소천은 곤란하다는 얼굴을 했다.

"그건 좋지 않아."

"어째서? 네놈도 왔는데?"

"나와는 다르지. 어쨌거나 정무맹주는 따로 있으니까.

그러나 네놈은 패천성주가 아니더냐? 네놈이 움직이면 저쪽이 잔뜩 긴장할 텐데……."

홍소천의 우려를 알아들은 철자강이 고개를 끄덕였다.

그러나 철자강은 다른 질문을 했다.

"네놈도 알아봤나?"

"당연하지. 가벼운 일도 아니고 이런 일은 신중해야 하니까. 그런데 차라리 모르는 것이 나을 뻔했어."

홍소천이 난감하다는 얼굴을 했다.

철자강 역시 같은 기분이었지만 별다른 내색을 보이지 않았다.

홍소천이 여전히 담담한 얼굴을 하고 있는 그를 향해 다시 말했다.

"이제 대답해 보거라. 네놈이 남경에는 어쩐 일이냐? 네놈이 쉽게 움직이면 안 된다는 것을 누구보다 잘 알고 있을 텐데……."

"그렇긴 하지."

"그렇긴 하지가 아니고 말부터 해 보라고. 대체 어떻게 된 일이냐?"

"어떻게 된 일인 것 같나? 네놈과 같은 이유겠지. 다른 점이 있다면 내 딸이 저들에게 잡혀 있다는 것 정도?"

"뭐, 뭐?"

철자강의 말에 홍소천이 당황한 기색을 보였다.

철자강은 별다른 변화가 없는 얼굴이었다.

가까운 이들에게만 보여 주는 얼굴은 타인에게는 절대 노출하지 않는 것이다.

그러나 그의 목소리에 날이 서 있다는 것을 홍소천은 용케 놓치지 않았다.

얼른 당황한 기색을 지워 내며 잠깐 고민을 하던 홍소천이 신중한 얼굴로 그를 쳐다보며 말했다.

"아무래도 네놈은 빠지는 것이 좋겠다."

"무슨 말이지?"

"무슨 말인지 몰라서 그러는 것이냐? 네놈이 나서면 일이 너무 시끄러워져. 남경 유람이나 왔다 생각하고 근처 한 바퀴 휙 돌아보고 가라."

"그게 말이 된다고 생각하나?"

"물론 안 되지. 그러나 어쩌겠나? 그게 최선인데. 네 딸은 우리가 찾아보마."

철자강이 홍소천과 시선을 맞췄다.

조금은 지저분해 보이는 얼굴이었지만 눈빛만큼은 별다른 사심이 깃들지 않아 투명해 보였다.

그러나 철자강은 고개를 저었다.

"그럴 수 없다."

"이놈아, 이게 최선……"

"그럴 수도 있지. 하지만 내 딸의 일이라고 했다. 그것도

처음이 아니고 두 번째지. 자네라면 별 내색 없이 넘어갈
수 있겠나?"

목소리는 여전히 담담했지만 눈동자가 이글거렸다.

그의 분노가 생각보다 큰 것이다.

철자강의 마음을 되돌리기가 쉽지 않다는 것을 눈치 챈
홍소천이 끙하고 앓는 소리를 냈다.

"골치 아프게 됐어."

"골치 아플 것 없다. 나도 일을 크게 벌일 생각은 아니니
까. 그랬다간 누구라도 감당하기가 어렵겠지."

"그러면?"

"그저 경고나 좀 해 줄 생각이다. 두 번 다시 성을 건드리
지 못하도록."

철자강의 의도가 무엇인지는 충분히 알아들은 홍소천이
었다.

그러나 홍소천은 회의적인 얼굴을 했다.

"그게 가능한가?"

"가능하도록 만들어야지."

"그러니까 그게……."

무언가 말을 하려던 홍소천이 결국은 말끝을 흐리며 고
개를 젓고 말았다.

무엇으로도 철자강의 마음을 돌릴 수가 없다는 것을 알
아챈 것이다.

"말린대도 들어 먹을 것 같지도 않고……."

"잘 알고 있군."

"그럼 이렇게 하자."

"어떻게 말인가?"

"무턱대고 일을 저지를 수는 없지 않나? 자네 말대로 감당하기가 어려우니까."

"그래서?"

"제갈곡이라고 우리 군사가 제법 머리가 좋거든. 그에게 방도를 물어보고 움직이는 게 어떤가?"

"흐음……."

제 말에 철자강이 조금은 고민을 하는 듯한 얼굴을 하자 홍소천이 한 번 더 말을 보탰다.

"내 말대로 하지? 자랑은 아니지만, 우리 군사가 제법 머리가 좋아. 그러면 자네나 내가 우려하는 그 일이 벌어지지 않도록, 그리고 자네 딸이 무사히 돌아올 방법을 찾아낼 수 있을 거야."

"확신하나?"

"물론. 그러니까 내 말대로 하지?"

철자강은 조금 뜸을 들이며 시간을 끌었다.

결정을 내리는 데 시간이 걸리는 것이다.

그리고 마침내 고민을 끝낸 철자강이 고개를 끄덕이려 할 때.

어두운 방 안을 밝히고 읽던 호롱불이 미미하게 움직이는가 싶더니 유진산이 불쑥 모습을 드러냈다.

"그럴 필요 없다."

예상치 못한 유진산의 등장에 홍소천이 당황한 얼굴을 했다.

"누, 누구……?"

"장인어른!"

그러나 잇달아 터져 나온 철자강의 목소리에 홍소천이 눈을 동그랗게 떴다.

"자, 장인? 혹시 괴의?"

유진산이 홍소천의 말에 살짝 눈을 찌푸렸다.

그러나 얼른 고개를 저어 잡념을 털어 내고는 제 사위를 다시 쳐다봤다.

"그럴 필요 없다. 너는 그만 성으로 돌아가거라."

"자, 장인어른. 갑자기 모습을 드리내셔서…… 이유라도 알려 주셔야……."

"이유라고 했느냐? 여기는 네가 있으면 안 되는 자리다. 이제 되었느냐?"

유진산의 말에 철자강이 여전히 이해가 되지 않는다는 얼굴로 눈만 껌뻑거렸다.

그것은 유진산을 신기하다는 눈으로 쳐다보고 있던 홍소천 역시 마찬가지였다.

홍소천이 얼른 고개를 젓고는 목소리를 냈다.

"저…… 어르신. 그렇게만 말씀하시면 누구라도 납득하기가 어려울 것입니다. 조금 더 상세하게 말씀해 주셔야……."

유진산이 홍소천과 철자강을 번갈아 가며 쳐다봤다.

둘 다 의문이 가득한 얼굴들이었다.

유진산이 한숨을 푹 내쉬었다.

"정사의 수장이라는 것들이 이렇게 멍청해서야. 네놈들은 대체 남경에서 무엇을 하겠다는 것이냐? 관과 싸우기라도 해 보겠다는 것이냐? 죽는 방법도 여러 가지다만, 그렇다면 혼자 죽으면 될 일이지 꼭 옆에 있는 사람들도 다 끌고 들어가야 직성이 풀리겠느냐?"

그제야 유진산의 말이 이해가 된 홍소천과 철자강이었다.

그러나 둘 모두 그의 말을 따를 수 없는 것은 마찬가지였다.

그나마 유진산이 편했던 철자강이 고개를 저으며 그의 말에 대꾸했다.

"그럴 수는 없습니다."

"뭐라는 것이냐? 지금 내 말이 이해가……."

"아닙니다. 장인어른께서 무슨 말씀을 하시는지는 충분히 이해가 갑니다. 그러나 그럴 수는 없습니다."

"이해가 가는데도 안 되겠다고? 이유가 무엇이냐?"

"소화가 저들에게 잡혀 있습니다."

그제야 철자강이 고집을 부리는 이유를 알아챈 유진산이었다.

그러나 그 문제는 해결하기 어렵지 않다.

"소화는 내가 이미 찾아 놨다. 그러니 그만 돌아가라."

"네?"

의외의 말에 철자강이 눈을 동그랗게 떴다.

그러나 유진산은 담담한 얼굴로 말을 이었다.

"내가 이미 찾았다고 하지 않느냐? 소화는 별 탈 없으니 그만 돌아가도록 하거라."

"그, 그게 사실……."

"내가 네 녀석에게 거짓말을 해서 무엇을 할까? 나중에 데려다줄 테니 어서 돌아가도록 하라."

철자강이 이전처럼 멍청한 얼굴을 했다.

여태껏 눈치만 보고 있던 홍소천이 조심스레 목소리를 냈다.

"저……."

"무엇이냐?"

"다른 게 아니고…… 혹시 우리 무결이도……?"

"무결이? 무결이는 없는 것 같던데."

유진산이 고개를 갸웃거리자 홍소천이 눈을 동그랗게 떴다.

"사실입니까?"

"그러니까 내가 네놈들에게 거짓을 말해서 얻을 게 무엇이냐? 혹시 모르니 다시 한 번 찾아보겠다. 그 문제는 나에게 맡기고 네놈도 그만 돌아가라."

유진산의 말에 멍청한 얼굴을 하던 홍소천과 철자강이 한순간 시선을 맞췄다.

그리고는 동시에 고개를 젓는 둘이었다.

"그럴 수는 없습니다."

"그건 안 되겠습니다."

같은 말을 하는 둘을 보며 유진산이 얼굴을 찌푸렸다.

"지금껏 내가 벽을 보고 말한 것이냐? 지금 상황이 이해가 되지 않는 건가?"

이번에도 철자강이 먼저 나서며 유진산의 말에 대꾸했다.

"장인어른의 말씀은 충분히 이해가 됩니다. 그러나 그럴 수는 없습니다."

"이유가 무엇인가?"

"장인어른께서 남경에 계신 걸 보니 그 이유를 충분히 짐작하실 것 같습니다만…… 일평생 바닥에 고개를 박고 살 수는 없는 노릇 아니겠습니까?"

그제야 철자강과 홍소천이 뻗대는 이유를 알아챈 유진산이었다.

그러나 그 해답 또한 간단했다.

"바닥에 고개를 박고 살거라."

"예?"

"무, 무슨 그런……."

의외의 말에 홍소천과 철자강이 눈을 동그랗게 떴다.

그러나 유진산은 여전히 담담하기만 했다.

"주 씨의 나라다. 주 씨에게 머리를 박는 것이 뭐가 문제
란 말이냐?"

"하지만 장인……."

"시끄럽다. 대체 그에게 뻗대서 얻을 게 무엇이란 말이더
냐? 그것이 반역이라는 것을 모르고 하는 말이더냐? 혹 나
라를 세울 생각이라도 있는 것인가?"

"아, 아닙니다!"

"무슨 그런!"

철자강과 홍소천이 경기를 일으키듯 급하게 손을 저었
다.

유진산이 쯧하고 혀를 차며 다시 말했다.

"그럴 생각이 아니라면 당장 돌아가거라."

그 순간 희끄무레한 물체가 한순간 모습을 드러내며 목
소리를 냈다.

"그건 안 되겠는데요."

"헛! 누, 누구?"

자신의 기감을 속였다는 것에 유진산이 기겁을 했다.

그리고 그것이 익숙한 얼굴이었기에 한층 더 충격이 가해졌다.

목소리조차 나오지 않는지 당황한 얼굴을 하고 있는 철자강과 홍소천을 대신해 유진산이 헤실헤실 웃고 있는 모용기를 향해 목소리를 냈다.

"네, 네 녀석이 어떻게……."

"오랜만이구나."

제법 시간이 흐른 후에 만난 조화심의 얼굴은 예전과는 많이 달라져 있었다.

많이 달라진 정도가 아니라 아예 다른 사람이라고 해도 믿을 정도였다.

모용기가 떨떠름한 얼굴로 고개를 끄덕였다.

"그렇긴 한데……."

"왜? 무슨 문제가 있는 건가?"

"나한테 문제가 있는 게 아니고 조 대협한테 문제가 있겠죠? 뭐 영약 잘못 먹어서 부작용이라도……?"

모용기의 말에 조화심이 픽 웃음을 보였다.

그 역시 예전과는 전혀 다른 태도였다.

오히려 홍소천이 모용기를 향해 눈을 부라렸다.

"이놈이! 그게 지금 어른을 대하는 태도더냐?"

모용기가 홍소천을 신기하다는 눈으로 쳐다봤다.

"어라? 그새 사이가 좋아진 겁니까? 예전에는 서로 잡아 먹으려고 하더니."

"이놈이 그래도!"

와락 얼굴을 구기는 홍소천이었지만 모용기는 어깨를 들썩일 뿐이었다.

그 때 상석에 자리하고 있던 유진산이 손을 들어 홍소천의 입을 틀어막고는 모용기를 쳐다보며 목소리를 냈다.

"대체 무슨 생각이지? 이렇게 사람들까지 다 불러 모아서는……."

사실 몇 명 되지 않는 인원이다.

원래 있던 이들에 조화심과 제갈곡, 철영강, 하수란에 한쪽 구석에서 조마조마한 얼굴을 하고 있는 제갈연 정도만 추가되었다.

그러나 정무맹과 패천성의 핵심이라고도 할 수 있는 이들이었다.

다 불러 모았다는 말이 크게 틀린 말은 아니었다.

모용기가 주위를 휙 둘러보며 자신을 주시하고 있는 이들에게 히죽 웃음을 보이며 말했다.

"별거 있겠어요? 한번 놀아 보자는 거지."

유진산이 얼굴을 찌푸렸다.

"상대가 누군지는 아는 것이냐?"

"설마 제가 그것도 모르고 이러겠어요? 당연히 알죠."

"그런데도 해보겠다고? 제정신인 것이냐?"

"그럼 어쩝니까? 우리가 모른 척한대도 저쪽은 집요하게 물고 늘어질 텐데."

"바닥에 머리만 박고 있으면 될 일이다."

"아닐걸요? 우리 목이 다 떨어질 때까지 절대 안 놔줄걸요?"

"으음……."

모용기의 말에 유진산이 저도 모르게 신음성을 흘렸다.

자신이 아는 주 씨라면 충분히 그러고도 남을 것이기 때문이다.

'하긴…… 그 피가 어디로 가지는 않겠지.'

그러나 그 말을 입 밖으로 꺼낼 수는 없었다.

확실하지도 않은 일을 꺼내 들어서 불안감을 조장할 이유는 없기 때문이다.

대신 다시 모용기와 눈을 맞추며 목소리를 냈다.

"네 생각이 틀렸을 수도 있다."

"그럴 수도 있죠. 하지만 이런 일은 미리미리 해결해야 뒤탈이 없다는 건 할아버지도 잘 아시잖아요?"

"해결할 수가 없는 일이라는 것은 간과했구나."

"왜 해결이 안 됩니까? 하면 되는 거지."

"무슨 수로? 상대는 백만 대군이 둘러싸고 있다. 그걸 뚫고 지나갈 수는 있겠느냐?"

"에이, 과장도…… 뭐, 만 명 정도는 되려나? 그래도 많긴 하지만, 어차피 정면에서 들이박을 생각은 없으니까 한번 해볼 만하지 않겠어요?"

모용기가 유진산의 말을 정정하며 제 의견을 냈다.

잠깐 입을 다물고 모용기를 물끄러미 쳐다보던 유진산이 고개를 저으며 말했다.

"그들을 뚫어 낸다고 하자. 그다음은 어떻게 할 것이냐? 그다음은 생각해 둔 것이 있느냐?"

"별거 있겠습니까? 칼질 몇 번 해서 겁 좀 주면 되는 거지."

유진산이 한숨을 내쉬며 고개를 저었다.

"그게 그렇게 쉬운 일이 아니다. 선택받은 이가 괜히 황제라고 불리는 것이 아니야. 그 정도 협박에는……."

그러나 모용기 역시 고개를 저었다.

"그래 봐야 똑같은 사람 새끼. 안 들어 먹으면 귀 하나 정도는 잘라 버리죠, 뭐. 그러고도 안 들어 먹으면 팔 하나 또 잘라 보고. 또 안 되면 다리도 하나 잘라 보고."

모용기의 말에 홍소천이 당황한 얼굴로 자리에서 벌떡 일어섰다.

"이놈! 네놈이 지금 무슨 말을 하고 있는지 알고 있느냐?"

홍소천만이 아니다.

제갈곡이나 철자강 등을 비롯해 유진산이 황제를 언급했을 때 어렴풋이나마 상황을 알아챈 조화심과 철영강마저 입을 쩍 벌렸다.

그러나 모용기는 어깨를 들썩일 뿐이었다.

"그럼 어떻게 합니까? 내버려 두면 당장 우리가 죽게 생겼는데. 발버둥이라도 쳐 봐야죠."

"그렇다고 함부로 불경스런……."

그 때 유진산이 다시 팔을 들어 홍소천의 입을 틀어막았다.

유진산이 다시 목소리를 냈다.

"그런다고 먹힐 것이었으면 주 씨의 혈통이 아직까지 이 나라를 지배하고 있지도 못했을 것이다. 그 상황이 지나가면 분명 또다시 칼을 들이밀 터인데…… 그 때는 일만이 아니라 정말 백만이 남경을 둘러싸고 있을 것이다."

그러나 모용기는 여전히 여유가 가득한 얼굴이었다.

"해 보라고 하죠. 백만 대군이 남경에 머물러서 꼼짝도 하지 않는다? 진짜 나라 망하겠네."

모용기의 말에 유진산이 끙하고 앓는 소리를 냈다.

모용기가 핵심을 찔렀기 때문이다.

그러나 유진산의 얼굴을 여전히 신중했다.

마음에 걸리는 것이 있었기 때문이다.

"네 말대로 그럴 수도 있겠지. 그런데, 지금 남경을 둘러싸고 있는 것은 일만이 아니라 백만이 맞다."

"에이, 무슨 말도 안 되는…… 할아버지는 제가 숫자도 못 세는 줄 아세요? 저도 오면서 다 알아보고……."

그러나 유진산은 다시 고개를 저었다.

"네 말대로 수로 따지면 일만 하나겠지만, 결국 백만이 맞다."

여전히 알 수 없는 말만 하는 유진산을 쳐다보며 미간을 좁히던 모용기는 순간 떠오르는 생각에 눈을 동그랗게 떴다.

"어? 혹시 그거…… 제가 모르는 고수라도……."

결국은 고수의 존재다.

유진산이 저렇게까지 말할 정도라면 생각보다 더한 고수일 것이다.

모용기의 두 눈이 의문으로 가득 찼다.

그러나 유진산은 그 의문에 답하기 전에 주위를 둘러봤다.

"미안하지만 저 녀석과 단둘이 얘기 좀 해야겠다."

유진산의 말에 사람들이 하나둘씩 자리에서 일어섰다.

호기심이 가득한 눈으로 쳐다보던 홍소천마저 자리를

비우자 유진산이 그제야 모용기를 쳐다보며 말했다.

"혹시 사마철이라고 들어 본 적이 있느냐?"

제법 진중하게 내리깔린 목소리에 모용기가 당연하다는
듯이 고개를 저었다.

"모르는데요."

유진산이 끙하고 앓는 소리를 냈다.

그러나 모용기를 탓할 일은 아니다.

역사에서 지워진 터라 아는 이 자체가 드물었기 때문이
다.

유진산이 목소리를 가다듬으며 다시 말했다.

"이 나라의 대장군이다."

"대장군?"

모용기가 언뜻 이해가 가지 않는다는 얼굴로 고개를 갸
웃거렸다.

그리고는 자신이 알고 있는 바를 유진산을 향해 털어놨다.

"그런 관직은 없는 걸로 아는데요."

"없는 것이 아니다. 단지 알려지지 않은 것뿐이지."

"그래요? 무슨 이유로요?"

"그것까지는 나도 모른다. 나에게는 알려 주지 않았거
든."

고개를 젓는 유진산을 보며 모용기가 의아하다는 얼굴을
했다.

"그건 그렇다 치고, 갑자기 이런 얘기를 하시는 이유가 뭐예요?"

"말했잖느냐, 백만이라고. 그가 나머지 구십구만이다."

"예?"

모용기가 눈을 동그랗게 떴다.

그가 의미하는 바는 명확했기 때문이다.

"그건…… 말도 안 되는 고수라는……?"

"그렇다. 나 같은 건 백이 덤비면 백 모두가 살아남지 못할 정도로 엄청난 고수다."

모용기가 믿기지 않는다는 얼굴로 눈만 깜빡깜빡했다.

그러나 곧 고개를 저으며 다시 목소리를 냈다.

"그럴 리가 없습니다. 황궁에는 그 정도 고수가 없거든요."

앞서 황궁의 고수들 대부분을 상대해 본 자신이다.

그중에 가장 고수라 부를 수 있는 이는 담재선 정도였다.

노도진이 끼어들어 상황이 조금 바뀌긴 했지만 큰 변화는 아니었다.

자신이 감당하지 못할 고수는 없다 생각한 것이다.

그 때 유진산이 모용기의 단전을 턱짓했다.

"내력을 잃었었다지?"

"어? 그걸 어떻게……."

"소화에게 들었다. 그것이 중요한 게 아니다. 내력을 잃었는데도 기혈은 망가짐이 없었다고 들었다. 하긴 그러니까 그렇게 쉽게 회복한 것일 테지."

다른 말을 하는 유진산의 의도를 파악하기 위해 잠깐 고민하던 모용기는, 이내 무슨 생각이 들었는지 눈을 동그랗게 떴다.

"호, 혹시 이거……."

"맞다. 내가 아는 선에서 그런 일을 할 수 있는 것은 그 사람뿐이다."

"무, 무슨 말도 안 되는! 그런 고수가 왜 황궁에……?"

"말했잖느냐? 이 나라의 대장군이라고. 대장군이면 당연히 궁에 있어야겠지."

"아니, 그러니까 그런 고수가 애초에 궁에는 왜……."

모용기는 여전히 이해가 가지 않는다는 얼굴이었다.

그런 그를 물끄러미 쳐다보던 유진산은 다른 말을 했다.

"어렸을 때는 혈기가 넘쳤었지."

"어렸을 때요?"

"그래. 백 년 정도 되었나? 그보다 덜 되었나? 이것 참 세월을 잊고 사니까 가물가물하구나."

잠깐 고개를 갸웃거리던 유진산은 얼른 고개를 저으며 다시 말했다.

"네 녀석도 잘 알겠지만, 그 즈음에는 우리 민족이 오랑캐의 지배를 받을 때였지. 그때는 그것을 참을 수가 없었다.

무엇이라도 해야 했지."

"그, 그래서요?"

"그래서 모시는 형님 한 분과 가까이 지내던 친우 하나와 함께 군에 들어갔다. 닥치는 대로 때려 부수고 죽이고 하다 보니 어느새 모두 장군이 되어 있더구나. 그것도 제법 높은 직위였지. 형님의 위에는 딱 하나만 서 있었고, 우리의 위에는 딱 두 사람만 서 있었으니까."

"그, 그거 혹시……."

"맞다. 그 사람이 대장군이 되었고, 우리 역시 그 밑에서 한 자리씩 차지했던 것이지."

조금은 감상에 젖어 있는 유진산을 쳐다보며 모용기가 조심스레 목소리를 냈다.

"그러니까 할아버지 말씀은…… 그 대장군이라는 이가 무당에서 그 노인이라는……?"

모용기의 목소리에 유진산이 상념에서 깨어나더니 고개를 끄덕였다.

"맞다. 그가 바로 대장군이다. 황제를 보려면 그를 넘어서야 하지."

"망할……."

모용기가 얼굴을 일그러트렸다.

어떻게 당한 건지 아직도 감도 잡히지 않을 정도로 손 한번 써 보지 못한 상대였기 때문이다.

잠깐 고민하던 모용기가 다시 유진산을 쳐다보며 말했다.

"그냥 집에 갈까요? 집에 가서 땅 파먹으면서 살까요?"

모용기의 말에 유진산이 픽 웃음을 보였다.

"너나 나는 상관없겠지만 다른 이들도 그렇겠느냐? 정무맹이든 패천성이든…… 무당이든 소림이든 만금장이든 다 해체하고 숨죽이고 살아야 할 터인데 그것을 받아들일까? 너는 그것을 못 본 체할 수 있겠느냐?"

유진산의 말에 모용기가 끙하고 앓는 소리를 냈다. 자신이 없었기 때문이다.

그러나 여전히 항변할 것은 남아 있었다.

"궁으로 들어가면 안 된다고 하신 것은 할아버지셨는데요?"

"당장은 안 된다는 말이다. 들어가 봐야 살아 나오지 못할 테니까. 일단은 숨죽이고 기회를 봐야지."

"그 정도 고수를 상대로 기회가 올 리가…… 아닌가? 할아버지 연배면 갈 때가 멀지 않았나? 그때를 노려 봐야 하나?"

"이놈 시키가!"

유진산이 버럭 소리를 질렀다.

모용기가 움찔하며 목을 움츠렸다.

"말이 그렇다는 거죠, 말이……."

"썩을 놈."

유진산이 모용기를 쳐다보며 못마땅하다는 듯이 혀를 끌끌 찼다.

그러나 곧 고개를 저으며 안색을 고쳤다.

"마냥 기다리기만 하는 것은 무리일 것이다. 저들도 바보가 아닌데 그 전에 일을 매듭지으려 할 테니까."

모용기가 끙하고 앓는 소리를 냈다.

딱히 반박할 말이 없었기 때문이다.

모용기가 다시 유진산을 쳐다보며 의견을 구했다.

"그럼 어떻게 하죠?"

"알면서 뭘 묻느냐? 대장군을 꺾어야겠지."

"그게 말처럼 쉽냐고요? 지난번에 봤을 때 손도 못 써 봤는데……."

모용기가 난감하다는 얼굴을 했다.

그러나 유진산은 오히려 눈을 반짝였다.

"그 점이 이상하다."

"뭐가요?"

"널 죽이지 않은 것 말이다. 죽이지 않은 걸로도 모자라 기혈에는 손상이 없었지."

그제야 이상하다는 점을 눈치 챈 모용기였다.

모용기가 고개를 갸웃거렸다.

"그러게요? 대체 왜 그런 거죠?"

"그건 나도 모르지. 네 녀석이 직접 알아보거라."

"제가 직접?"

"궁의 근처를 기웃거리다 보면 그가 모습을 드러낼 것이다. 그러니 그가 무슨 의도인지 네가 직접 알아보거라."

유진산의 말에 모용기가 몸을 움찔 떨었다.

그리고는 조금은 불안감이 섞인 얼굴로 목소리를 냈다.

"지난번에도 손도 못 써 봤는데……."

"너를 죽이려고 했으면 벌써 죽였다. 그러니 그런 걱정은 하지 않아도 된다."

모용기는 가타부타 말이 없었다.

여전히 망설이는 얼굴이었다.

단 한 번도 겪어 보지 못했던 무력감이 두려움으로 다가왔기 때문이다.

유진산이 다시 말했다.

"걱정할 것 없대도. 안 죽는다. 그리고 그가 무슨 의도로 저러는 것인지 알아야 할 것 아니냐? 그래야 대책이라도 마련하지."

유진산의 말에 모용기가 끙하고 앓는 소리를 냈다.

그러나 여전히 미련이 남은 얼굴로 유진산을 쳐다봤다.

"모시는 형님이었다면서요? 그러면 할아버지가……."

"이미 연을 끊었다."

"예?"

303

눈을 동그랗게 뜨는 모용기를 쳐다보며 유진산이 씁쓸한
얼굴로 고개를 저었다.

"나는 그를 다시 보고 싶지 않으니 나머지는 네 녀석이
알아서 하거라."

〈13권에 계속〉